集英社オレンジ文庫

双子騎士物語

四花雨と飛竜舞う空

せひらあやみ

本書は書き下ろしです。

Tales of little twin knights

CONTENTS

双子騎士物語

四花雨と飛竜舞う空

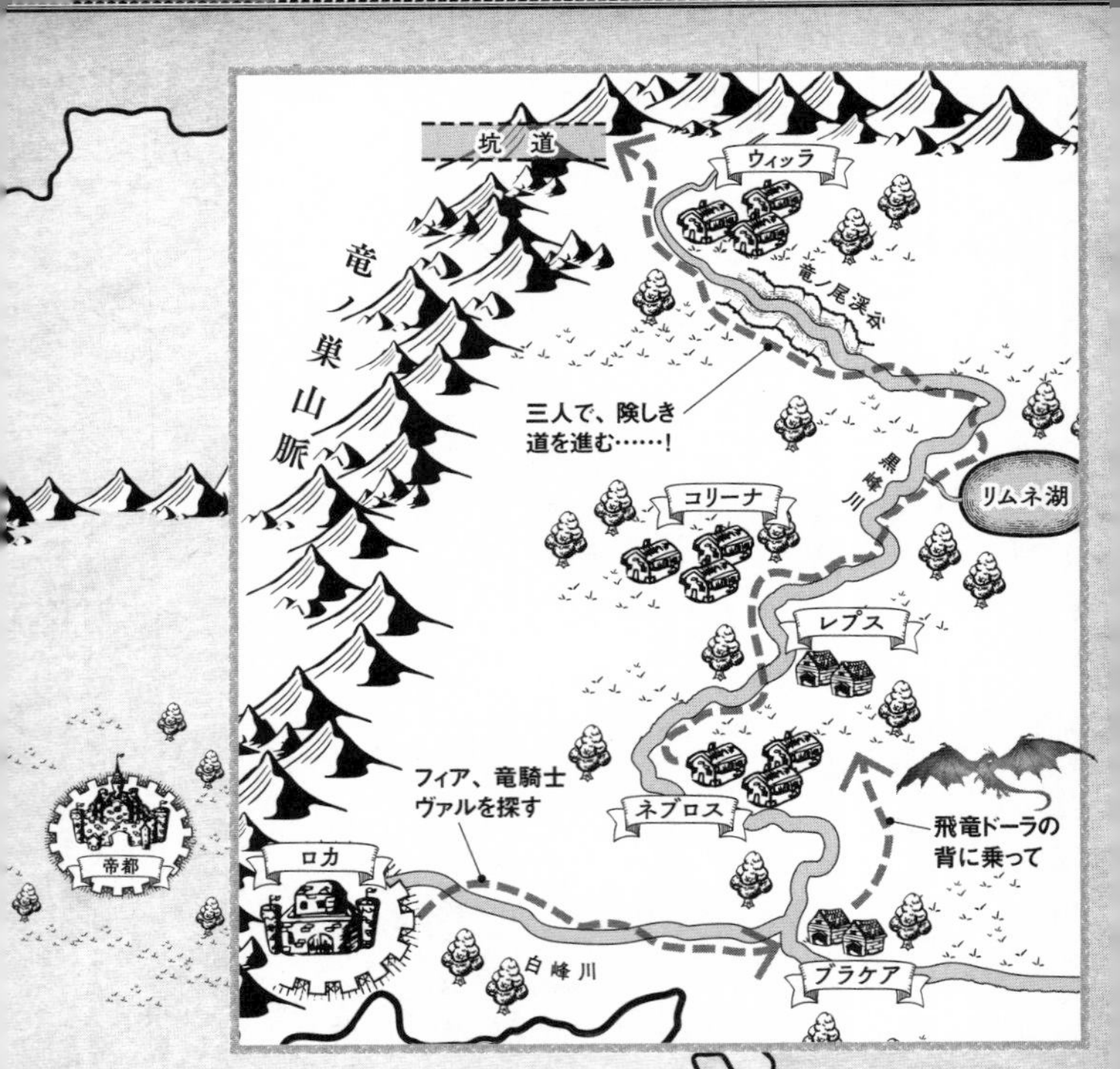

帝政ドラゴニア地図
～フィアたちの旅路～

この世界では種々の悪魔が、人々の暮らしに翳を落とす――。復讐を誓い、少女騎士は大悪魔討伐の旅へ出立する……！

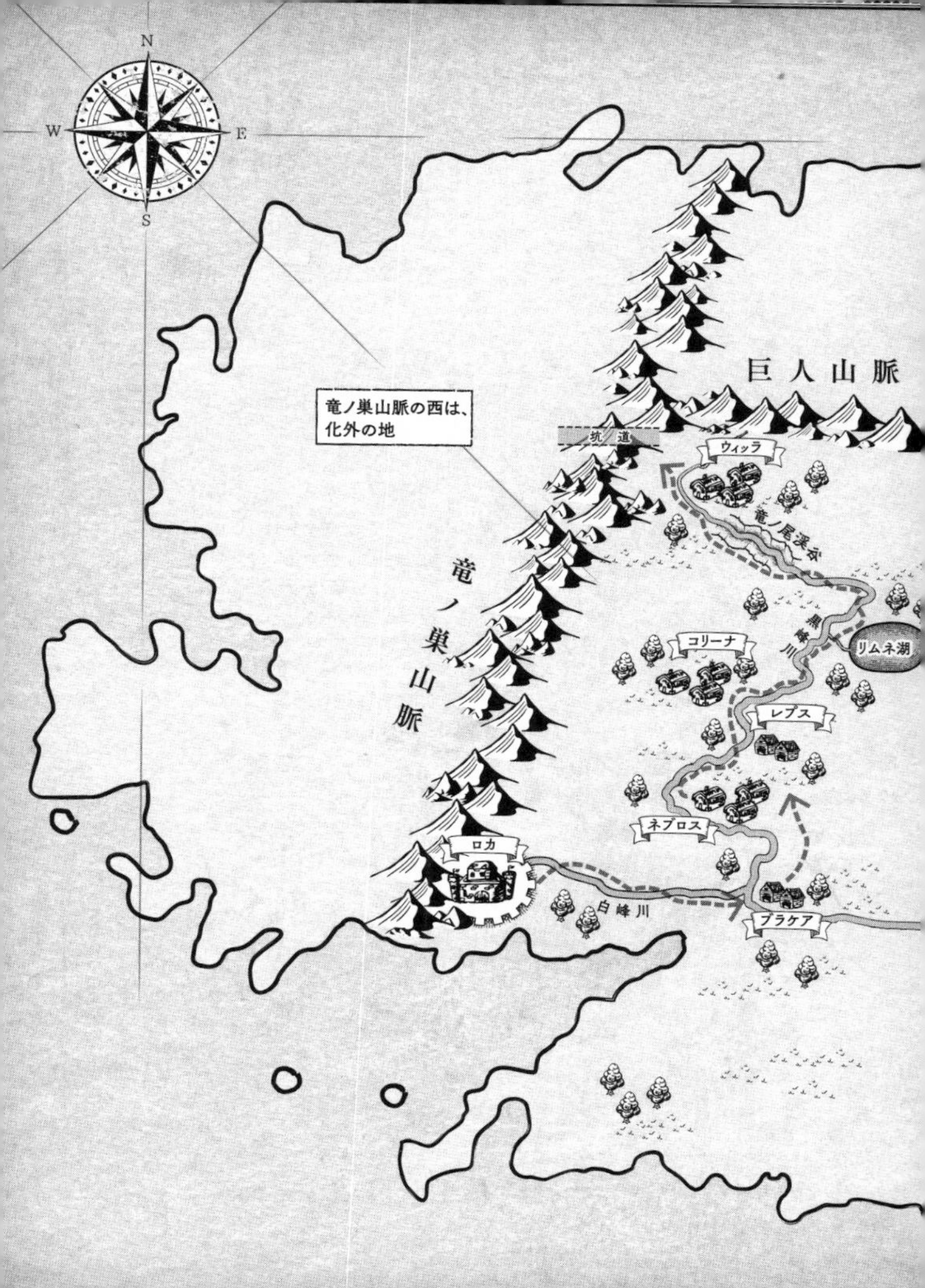
N
S
W
E
巨人山脈
竜ノ巣山脈の西は、
化外の地
坑道
ウィッラ
竜ノ尾渓谷
竜ノ巣山脈
黒峰川
リムネ湖
コリーナ
レプス
ネプロス
ロカ
白峰川
プラケア

登場人物紹介

父より竜骨剣を受け継ぎ、騎士になるはずだった。
誇り高く、心優しい少年。

辺境ロカに生まれ、外の世界に憧れていた少女。一夜にしてすべてを失い、大悪魔への復讐を誓う。
剣の腕は亡き兄フィンを凌いでいた。

帝政ドラゴニアの政治

各地の騎士団長によって選出された執政官たちと、貴族院、そして、竜騎士団によって取り決められる。

大悪魔

恐ろしい災禍に数えられる存在だ。下級悪魔の上に立ち、たくみに人間社会に入り込む。大悪魔による、おぞましい悲劇が起きたという伝説は枚挙にいとまがない。

下級悪魔

帝政ドラゴニアに蠢く、無数の悪魔たちを指す。様々な術を操り、人々に害をなす。

飛竜

飛竜という獣は、天地開闢の大業《たいぎょう》を行った七首竜の末裔のことをいう。
この帝政ドラゴニアでは神聖な獣とされており、信仰の対象でもある。
滅多に人前に姿を現すことがない。

ヒュー

幼き魔術屋。どこか懐かしいような、素朴な風貌をしている。
勘が鋭く、小さくても腕はよい。

ヴァル

当代最強の竜騎士、大ペンドラゴン。
栄光ある竜騎士団筆頭の竜騎士であるはずなのだが……。
過去に傷を抱えているようで……。

用語紹介

竜牙刀

七つの首を持つ、始祖竜の牙から削り出されたという伝説の名刀。竜騎士の証。

竜骨剣

一人前の騎士になった際に、師匠や親より受け継ぐ「騎士の証」。

竜騎士

この世界の英雄。
地の果てまでも、大悪魔を追い続ける——そんな英雄には哀しき宿命が？

騎士

貴族に生まれた少年は皆、騎士となり下級悪魔を退治し、国を守る。
稀に才能ある少女や庶民も騎士になる。

魔術屋

騎士と対極にある。魔術屋間での口伝の術を得意とする謎めいた存在。
人びとから大悪魔に通ずる存在として疎まれている。

帝政ドラゴニア

無数の貴族領から成る連合国。帝政ドラゴニアの『帝』とは、天地開闢《てんちかいびゃく》を行った始祖竜のことを指す。

イラスト／細居美恵子

Tales
of
little twin knights

双子騎士物語

四花雨と飛竜舞う空

序章　旅する少女騎士

光の粒が、空から降っている。

だが、空には雲一つなかった。虚空《こくう》から突然降って湧いたように、真っ白な淡雪のようなものがふわふわと舞い落ちているのだ。

その粒は、手で触れても冷たくはない。しかし、それは――フィアの小さな手の上で幻《まぼろし》のようにあっという間に消えてしまった。それを見て、フィアは思った。

（いつ見ても、悲しい雨だ……）

『四花雨《しのはなさめ》』、という。

帝政ドラゴニアの伝説によれば、この輝く結晶の雨は、死んで肉体から離れた魂《たましい》がかけらとなったものだそうだ。

目を細めて、フィアは遥《はる》かな竜《りゅう》ノ巣《す》山脈を眺めた。

竜ノ巣山脈は、この大陸を西いっぱいに走る大山脈だ。恐ろしいほどに鋭い峰《みね》や渓谷《けいこく》、深い森を有している。険しくも神秘的なその稜線《りょうせん》は、今は真夏の強い日差しを受け、青く佇《たたず》んでいた。

あの南側の中腹に、滅んでしまったフィアの故郷はあった。

……無数の死者が出たばかりの故郷ロカでも、この雨は降っているのだろうか。

失った故郷を思い出して涙が滲《にじ》み、フィアは唇を噛《か》んだ。

（……駄目だ。今はまだ、泣く時じゃない）

フィアは、十三歳になったばかりの少女だ。背中には小柄な体に不釣り合いなほどに刀身のある長剣を括《くく》りつけており、夏も盛りだというのに、大振りなフードのついた外套《がいとう》を身に纏《まと》っている。フードの下には、誰もがどこかで見たようだと感じるような凡庸《ぼんよう》な顔があった。これが今のフィアの顔だった。短い灰色の髪は毛先が焼けて縮れ、肌は土埃《つちぼこり》で汚れている。

ふいに、青空から差す陽光が翳《かげ》った。

フィアは、目を瞬《またた》いた。

（雲？）

でも、さっきまでは雲一つない晴天だったのに。上空を見上げてみて、フィアはあっと息を呑《の》んだ。

「あ……、あれは……」

目に飛び込んできたのは、天空遥かを舞う、恐ろしいほどに雄大な獣《けもの》だった。

蝙蝠《こうもり》の翼。鰐《わに》の脚《あし》。蛇《へび》の尾。

大きく目を見開き、フィアは呟《つぶや》いた。

「あれは……、飛竜《ひりゆう》だ」

確かにそれは、陽光にきらめく鱗《うろこ》を持つ、美しい『飛竜』だった。

力強い翼を広げた飛竜が、落ちてくる太陽の光を遮《さえぎ》って、四花雨が降る中をまっすぐに飛んでいるのだ。飛竜が翼を羽ばたかせるたびに猛烈な風が地上にまで届き、フィアの短い髪を巻き上げていく。

飛竜という獣は、天地開闢《てんちかいびやく》の大業《たいぎよう》を行った七首竜の末裔《まつえい》のことをいう。この帝政ドラゴニアでは神聖な獣とされており、信仰の対象でもある。滅多に人前に姿を現すことがないから、目にするのは、フィアにとっても初めてだった。

見つめているうちに、その美しき孤高の獣は空の彼方《かなた》へ消えていった。あちらには、フィアが目指しているブラケアという小さな河岸《かし》町があるはずだ。

(ブラケアか！　もしかして……！)

道々で聞いた噂《うわさ》通り、あの町にフィアの探し人がいるのかもしれない。

すぐさま、フィアは走り出した。
(どうしても、彼に会わなくては)
当代最強の竜騎士、大ペンドラゴンに。

第一章　最強の竜騎士

川のせせらぎが、町の中にまで響いている。

ブラケアというこの小さな河岸《かし》町は、白峰《しろみね》川と黒峰《くろみね》川という二つの大河が交わる地点にあった。その町の片隅《すみ》にある小さな酒場で、一人の男が窓の外を眺めていた。夕空からは、真っ白な淡雪のようなものが舞っている。

(四花雨《しのはなさめ》か)

……また、誰か死んだのだ。

けれど、うらぶれた酒場の喧騒《けんそう》では、儚《はかな》く美しい光景に、この男——ヴァルの他に気づく者もなかった。やがて、ヴァルも外の景色から興味を失い、ぐいっと酒を呷《あお》った。

三十路《みそじ》に差しかかったばかりの彼は、このうらぶれた酒場ではずいぶんと若い部類だった。まわりには、誰も彼を気に留める者はいない。彼もまた、周囲の酔客を気にかけることはなかった。

ふいに、翳《かす》み目を持ち上げて、ヴァルは天井を眺めた。

(……『下級悪魔』が、いるようだな)

天井の隅では、数匹の下級悪魔たちが群れてくすくす笑っていた。

それらは、赤ん坊のような見た目をしていた。姿変え術でも使って、人をたぶらかすために愛らしい姿を装っているのだろう。旅人とおぼしき一見《いちげん》客ばかりの酒場だから、今夜の獲物《えもの》を見つくろっているのかもしれない。酒気《しゅき》に酔った客たちは、まだ誰も天井の下級悪魔には気づいていないようだ。

あれら『悪魔』と名のつくモノどもは、この世の邪《じゃ》なる生き物だ。彼らは太陽や炎を忌《い》み、人間や獣《けもの》の新鮮な血肉を食らう。

そして、恐ろしい魔術を行使するのだ。

この世には、さまざまな魔術が存在した。たとえば、あそこの下級悪魔が行使している姿変え術。目くらましのための幻術《げんじゅつ》。獣に指令を与える使役術《しえきじゅつ》。薬草術。それから、結界術……。

すると、ふいに、ヴァルは、目の前に誰かが気配もなく座っていることに気がついた。

(こいつ。いつの間に)

ヴァルは、眉根を深く寄せた。

その向かいの客は、魔術屋か下級悪魔が人里にまぎれる時のような風体《ふうてい》をしていた。外套《がいとう》のフードを頭からすっぽり被っているが、わずかに見えるその顎《あご》先は白く細い。

「……あなたのような方が、どうしてこんな場所にいるのです」

それは、どこか意識的に低めているような、不自然な響きだった。そういえば、やけに小柄なようである。

(作り声か？　……ああ、さては子供か)

ヴァルは思わず顔をしかめた。最近、子供を相手にしてあまりいい思いをしていない。

小虫でも払うように手を振って、ヴァルは言った。

「なぜ、見ず知らずのおまえなんぞに、そんなことを答えなけりゃならん」

「それは、あなたが……」

しかし、その声はそこで途切れた。すぐ横の席から、中身入りの酒杯がひゅっと飛んできたからだ。

「――ふざけんじゃねえ!!」

「なんだと!?」

酒杯の割れる音が響くと同時に、怒号が上がる。酒の並んだ卓子《テーブル》が蹴《け》り上げられ、この場で顔を合わせたばかりのような酔っ払い客たちが取っ組み合いの喧嘩《けんか》を始めた。

「よせ！」

「いや、もっとやれ！」

あっという間に諍《いさか》いは飛び火し、酒場中が大騒ぎとなった。

「これは……！」

突然の騒動に、フードを被った向かいの客は、驚いたようにわずかに腰を浮かせた。鼻を鳴らし、ヴァルは顎を天井の隅へと持ち上げた。

「あわてんな。下級悪魔だよ。ほら、あそこだ」

向かいの客もヴァルに倣《なら》って視線を上げ、眉をひそめた。

「……なるほど。さすがですね。ちっとも気がつきませんでした」

天井の隅に隠れていた下級悪魔たちは、人目から姿を隠す魔術を使ったようで、すうっと順繰りに姿を消していった。なおも動ぜずヴァルが酒を呷っていると、今度はヴァルの顔に向かって酒杯が飛んできた。それを、向かいに座ったままだった外套の者が左手を伸ばして受け止めた。それも、酒の一滴たりとも零《こぼ》さずに。

その途端、外套のフードがわずかにずれて、小さな白い顔が覗《のぞ》く。

男か、女か。

向かいの客は、どちらともつかない声で言った。

「……さっきの続きをお答えします。あなたが、大ペンドラゴンだからですよ。偉大なる竜騎士、サー・ヴァル・ペンドラゴン」

＊＊＊

（――本当に彼が、あの高名な竜騎士のヴァル・ペンドラゴン？）

フィアは、深く被ったフードの下から竜騎士の顔をまじまじと覗き込んだ。酒場で大乱闘が始まったというのに、目の前に座る男はどこ吹く風だ。動じる様子もない。

泰然自若《たいぜんじじやく》とした大物、ということなのだろうか。でも、派手に壊れた酒樽《さかだる》の酒を被っても酒を呑《の》む手を止めないのだから、もしかすると本当にただの盆暗《ぼんくら》なのかもしれない。

容姿は確かに、噂《うわさ》で聞いていた通りだ。漆黒《しっこく》の髪に緑の瞳、それから綺麗《きれい》な鼻筋、白い肌。

だが、涼やかな容貌《ようぼう》とは裏腹に、印象はまったく想像と違った。

呑んだくれて顔は緩んでいるし、竜騎士の証《あかし》である聖剣『竜牙刀《りゅうがとう》』と思われる長物は、布でぐるぐる巻きにされてしまい込まれたままだ。

竜牙刀とは、七つの首を持つ、始祖竜の牙から削り出されたという名刀だ。

しかし、いくら伝説の名刀でも、しまい込まれたままでは形無《かたな》しだ。これでは、フィアのように注意して探していなければ、彼がその人だとわかる者はいないだろう。

（……けど、あの天井にいた下級悪魔たちに気づいていたのは、彼だけだった。奴らの気配を簡単に察することができたのはさすがだったが……）

考え込みながら立ち上がったフィアは、ヴァルを手招いた。

「ほら、こっちですよ。ここに隠れて」

にわかに殺気立ってきた酔客から、腰を上げるのも渋る彼をなんとか引き離す。すると、ひっくり返っていた卓子《テーブル》を盾《たて》にして、またヴァルが呑み始めた。フィアは、ますます眉をひそめた。流れ者で行動につかみどころのない彼がこのあたりにいると噂に聞いた時は、フィアはその幸運に涙したものだったが……。

（わたしの見込み違いだったかな）

フィアは、ため息をついた。

（これじゃ、本当にただの呑んだくれにしか見えない）

そう思っていると、喧騒の盾にしていた卓子《テーブル》の向こうから悲鳴が響いた。

荒れた酔客たちが、次々と刃物を持ち出したのだ。目を凝《こ》らしてみれば、彼らの肩には牙の生えた赤ん坊のようなモノが摑《つか》まっている。煙のように姿は揺らいでいるが、あれは確かに天井にいた下級悪魔だ。

下級悪魔たちは、酔客の耳に魔術の呪文らしき言葉をヒソヒソと吹き込んでいる。

どうやら、彼らは酔客たちをそそのかして争わせているらしい。刃物まで出てきたのだから、殺し合いをさせたあとの屍肉《しにく》でも狙っているのかもしれない。

フィアは、動く気配のないヴァルをちらりと見た。

（……仕方がないな）

顔をしかめて、フィアは卓子《テーブル》の向こうへ飛び出した。竜牙刀ほどではないが、フィアの持つ竜骨剣《りゅうこつけん》も切れ味は充分に鋭い。フィアは、強く声を上げた。

「みなの者！　下級悪魔にそそのかされて争うのはやめるんだ！」

「！」

外套のフードに顔を隠し、市場に出せば値の張る貴重な竜骨剣を持ったフィアの登場に、酔客たちは騒然とした。

「……なんだぁ？　おまえは」

「酒場《ここ》はガキの来る場所じゃねえぞ」

「だが……、ガキにしちゃいい獲物《もん》を持ってるじゃねえか。そりゃ竜骨剣か？」

彼らは、フィアの持っている武器をじっと見つめた。

竜骨剣は、この帝政ドラゴニアを守る騎士の証だ。

悪魔と名のつくモノを斬るには、竜の神気を宿した武器が必要だった。竜騎士の持つ竜牙刀は別格としても、時折発見される飛竜《ひりゅう》の亡《な》き骸《がら》から削り出されるこの竜骨剣もまた、結構な高値がつく。

さっきまでは互いに対する殺気で満ちていたはずの男たちの目の色が、まざまざと変わるのがわかった。どうやら、狙いはフィアの竜骨剣に切り替わったようだ。

「その竜骨剣はおまえのモンじゃないだろう。どこの騎士様から盗んだんだ？」

「竜骨剣《そいつ》を、こっちに寄越せ！」

その怒声を合図に、下級悪魔に惑わされた酔客たちがフィアに襲いかかってきた。肩をすくめて、フィアは最初に襲いかかってきた男の顎先を竜骨剣の硬い柄《つか》で払った。

「……ぎゃっ」

短い悲鳴。直後、フィアは、体勢を崩したその男の肩に乗っている赤ん坊のような姿をした下級悪魔を斬った。下級悪魔は、化けた姿のまま、その喉《のど》で男よりもさらに甲高い断末魔を上げた。

（……まるで、本物の赤ん坊の声だ）

フィアは、眉をひそめた。

下級悪魔とわかっていても、この手の悲鳴は、後味が悪い。

やっと下級悪魔の魔術から我に返ったのか、酔客たちは幾度も目を瞬《またた》いていた。その足もとに、こと切れて魔術の解けた下級悪魔の姿が現れる。

「い、今の声は……」

すぐさま、フィアは虚を衝《つ》かれている様子の男たちへと向かった。酔客たちが棒立ちになっている隙《すき》に、その間を縫ってフィアは目にも留まらぬ速さで竜骨剣を振るった。次々に、下級悪魔たちの悲鳴が上がる。最後の一匹を斬ったところで竜骨剣を背中の鞘《さや》に戻し、フィアは呆気《あっけ》に取られている酒場の客たちを見た。

「――この竜骨剣は、わたしのものだ。こう見えて、わたしは騎士だからね」

この帝政ドラゴニアは、無数の貴族領から成《な》る連合国だ。

国土の北と西には、それぞれ巨人山脈と竜《りゅう》ノ巣《す》山脈という二つの大山脈が走り、南と東には海洋が広がっている。その広大な国土を、動脈のように大街道が這《は》っていた。

帝政を冠しながら、しかし、この国に『帝《みかど》』は存在しない。帝政ドラゴニアの『帝』とは、天地開闢《てんちかいびゃく》を行った始祖竜のことを指すからだ。

帝政ドラゴニアにある諸領は、以前はそれぞれが独立した小さな都市国家だった。

かつてはそれら小国同士の争いが絶えなかったのだが、そこを大悪魔につけ込まれ、大きな惨劇《さんげき》が幾度も繰り返された。それ故《ゆえ》、悪魔と名のつくモノたちの脅威に対抗するため、英雄たる竜騎士団の下、一つにまとまったのだ。

帝政ドラゴニアの政治は、各地の騎士団長によって選出された執政官たちと、貴族院、そして、竜騎士団によって取り決められる。

大ペンドラゴンといえば、その栄光ある竜騎士団筆頭の竜騎士であるはずなのだが……。

（……やられたな。いったい、どこへ行ったんだ？）

すっかり日が暮れた夜の裏通りを走りながら、フィアは、大きく舌打ちした。やっとのことで見つけ出した酔っ払いの竜騎士が、騒動の間に忽然《こつぜん》と姿を消していたのだ。

下級悪魔と戦っている間、フィアは少しも気を抜かなかったつもりだ。しかし、ヴァルが消えた気配は、まったくわからなかった。やはり、彼は一流の竜騎士ということか。

だが……。

（下級悪魔を退治するのは、……騎士の役目なのに）

帝政ドラゴニアに生まれた貴族の少年はみな、騎士となって国家に奉仕する。才能や運に恵まれれば、少女や、他にも爵位を持たない庶民《しょみん》が騎士となることも稀《まれ》にはあった。貴族の生まれだが女であるフィアは、その稀《け》有《う》な中の一人だった。

だからこそ、フィアは腹が立った。

（竜騎士ともあろう方が、下級悪魔を放って立ち去るなんて！）

なんという男だろうか。

すぐさま、フィアはわずかな手がかりを頼りに、身軽さを生かしてさっと手近の建物の屋根に登った。

四花雨は、まだ降っていた。濃紺の天鵞絨《ベルベット》に撒かれた銀砂のような星々は、はっとするほどに清《さや》かで美しかった。

その光景に、フィアは、故郷のロカを思い出した。

(ロカ……。……みんな、みんな死んでしまった)

あの禍々《まがまが》しいモノに、殺されたのだ。

そして、唯一生き残ったフィアは、奴にあるものを盗み取られた。

フィアの胸を、絶望と激しい憎悪が焼いていく。

思い出したくなかった。だが、こらえきれずに、怒濤《どとう》のような郷愁《きょうしゅう》がフィアを襲った。

●

――夕暮れになると竜ノ巣山脈は暗黒に沈み、故郷《ロカ》の領地に鋭く尖った影を落とす。

悪夢のようなこの日にも、確かにあの影は故郷に落ちていた。その姿はさながら、遥《はる》かな大地の上で、巨大な大悪魔たちが饗宴《きょうえん》しているかのようだった。

この大悪魔の影を踏むと気が触れ、二度と郷里に戻ることはないのだという。竜ノ巣山脈の中腹に位置するロカの地で生まれた子供たちは、例外なく口酸っぱくそう教えられた。

山脈の中腹にありながら、尖った山の影を落とす奇妙な地形の故郷を歩き、フィアは、牧畜犬と一緒に灰色山羊《やぎ》たちを追い立てていた。

（……あの伝説は、本当なのかな？）

フィアが物思いに耽《ふけ》っていると、牧畜犬がひと声吠えた。その声に怯《おび》えを感じ、パッとフィアは振り返った。

「あっ、いけない。もう日が暮れるね」

灰色山羊たちを急《せ》かして、きつく編み込んだ山羊の毛と同じ灰色の長い髪を揺らし、フィアは走った。

もう夏も盛りだというのに、山間《やまあい》から吹き込む風は、鋭く冷たい。

「ううっ……、寒いなあ。どうしたんだろう。昼間はあんなに暑かったのに」

フィアは、ぶるっと身を震わせた。頬《ほお》は乾燥して、林檎《りんご》のように赤い。髪と同じ灰色の瞳はキラキラと輝いて、しかし、どこか危うい好奇心の強さを宿していた。

双子の兄と揃《そろ》って辺境の生まれにしてはめずらしい美しさだといわれる容貌だが、フィアはまだ、結婚はおろか、恋人についてだって考えたこともなかった。だって、フィアはまだ十二歳なのだ。

空を仰ぐと、日は沈みきっていないというのに、もう満月が昇りかけていた。

灰色山羊を柵の中に追い立てて犬小屋を開けると、フィアは、生まれ育ったロカ城に飛び込んだ。

間一髪。

城門を閉じた途端、太陽は完全に沈んだ。


「――それにしたって、本当にオンボロだよねえ。このお城って……」

フィアは、息を吐いてそう呟《つぶや》いた。

ロカ城は、なんでもこの帝政ドラゴニアが建国する遥か以前に築城され、一度も攻め落とされたことがないのだという。でも、案外本当なのかもしれない。五つの門に加えて、竜ノ巣山脈から流れる白峰川にまで通じる深い深い堀まであるのだから、難攻不落というのは確かなのだろう。

当然の備えながら、ロカ城には結界術が張りめぐらされていた。もっとも、本当に強い敵が現れたなら、結界術なんて紙ほどの防御力も成さないのだけれど。

土埃《つちぼこり》を払ってフィアが城内に入ると、鏡に映したように同じ顔をした少年が出迎えてくれた。

「遅いぞ、フィア。もう満月が光ってるじゃないか」

フィアの双子の兄、フィンだ。

まだ声変わりを迎えていないその声は、フィアとまったく同じ。面倒見のいい兄の足もとには、幼い弟や妹たちがまとわりついていた。

「ごめんってば。怒らないでよ、兄上。ついぼうっとしてたら日が暮れてたの」

「夕暮れ時に外でぼーっとできるのなんて、おまえくらいのもんだよ」

兄のフィンが、面白くなさそうに口を窄《すぼ》めた。

夜は下級悪魔の時間だ。

下級悪魔の侵攻をたびたび受ける辺境で育ったこの双子は、物心つく前から戦闘術を叩き込まれて育った。しかし、同じ姿をしているのに、体力でも反射神経でも目の確かさでも覚えのよさでも、今ではお転婆《てんば》な妹が上をいった。

そんなだから、夜になって下級悪魔に襲われたとしても、自分一人ならどうにでもなる自信がフィアにはあった。——まあ、連れている灰色山羊は助けられないにしても。

「なあ、フィア。もう聞いた？　ついさっき、城に客人が来たんだよ」

「客人？　へえ」

フィアは、持ち前の好奇心で目を丸くした。

「こんな世界の果てまで、めずらしいね」

そうなのだ。

このロカ辺境領は、帝政ドラゴニア南西に位置する。険しい竜ノ巣山脈の向こうは、化外《けがい》。つまりは、人間が入ることのできない、闇《やみ》が支配する地だ。この辺境は、文字通り世界の果てなのだった。

「旅の巡礼者《じゅんれいしゃ》っていうことだけど、ま、要は物乞《ものご》いだな。父上も物好きなものだ。前のみたいに長居《ながい》されないといいんだが」

「わたしは、長居してくれた方が嬉《うれ》しいな。領外の話をいっぱい聞けるもの。今度の人は吟唱《ぎんしょう》が上手だといいねえ。前の人のは酷《ひど》かったから」

兄のフィンは、いい喉を持っている。あの時は旅人の代わりにフィンが歌ってやったら、なんとも居たたまれない空気が流れたものだ。双子の兄妹《きょうだい》は、あの時を思い出して笑い合った。

「あぁ、あの夜は大変だったなあ」

何年も前の話を、まるでつい先月の出来事かのように話し合う。これが、外部からの刺激に乏しい辺境の日常だった。

無論、好奇心の強いフィアとしては退屈ではある。時折、一生この地に縛られるのかと気が滅入ることもあった。

（やっぱり、兄上が羨《うらや》ましいなあ）

鏡に映したような兄の横顔を見て、フィアは密《ひそ》かにそう思った。

帝政ドラゴニアの貴族の少年はみな、十代のうちに我が師と仰ぐ騎士を見つけ、弟子《でし》入りをする。そうして経験を身につけ、やがては一人前の騎士として独り立ちするのだ。

月日が経《た》つのは早いもので、もう兄は、師とする騎士を探すため、まずは王道の、都市部の名門騎士団に見習いとして入団することになっていた。

（……わたしも、男に生まれて、一緒に行きたかった）

フィアは、小さなため息を零した。

（そりゃ、わたしみたいな女が騎士になった例もなくはないけどさ）

一般的にいって、女は男より身体能力に劣る。だから、多くの騎士や騎士団は女を弟子には取らない。

それに、一人前の騎士となるには、竜骨剣が必要だった。竜骨剣を持たないものは、ただの雑兵《ぞうひょう》扱いだ。騎士となるのなら、竜骨剣を師匠や親から受け継ぐのが正道だった。たとえば兄の場合は、一人前の騎士となった暁《あかつき》には、父から竜骨剣を継ぐことになっている。

そうでないとなれば、値の張る竜骨剣をどこぞで手に入れなくてはならない。

ロカ辺境伯であるフィアの生まれたグラウリース家は貧しく、家格も低い。領内の収穫量は雀《すずめ》の涙ほどだし、この地の固有種である灰色山羊は半分魔に属するなんていう偏見もあって、毛も肉も乳も買い叩かれた。

曲がりなりにも領主のお嬢様であるフィアであっても、城内でおしとやかに、なんていうわけにはいかない。化外の地と人間の地との境を守る辺境伯の義務である下級悪魔退治のみならず、灰色山羊の管理に穀物《こくもつ》の刈り入れまでもが、幼い頃からの仕事だった。

そんなロカに、竜骨剣を新たに買う余裕などあるはずもなかった。

（……でも、領内に住む人はみんな優しいし、家族も大好き）

それに、竜ノ巣山脈を越えてやってくる下級悪魔の群れを討伐するのだって、刺激があって結構楽しいではないか。

ロカの人々は、灰色山羊を飛竜と同じく始祖の七首竜の末裔《まつえい》だと信じている。竜の末裔とともにこの地で生きることを、誰もが誇りに思っていた。

たぶん、きっと、フィア自身も。

（大丈夫。……わたしは自分の人生に、ちゃあんと満足してる）

自分自身にそう言い聞かせ、フィアは兄に笑顔を向けた。

「だけど、その客人は幸運だね。今夜は兄上の出発を祝う晩餐《ばんさん》だもの」

「どこかで噂を聞きつけてやってきたのかもしれないな。……でも、あの客人には気をつけろよ、フィア。あいつ、城内に入っても頑《かたく》なにフードを取ろうとしないんだ。顔に酷い傷を負ってるとか言っていたが、どうも怪しい。夜の戸締まりは忘れるんじゃないぞ」

フィアは笑った。

「わたしの部屋に？　まさか」

「飢《う》えてりゃガキだって構わないだろうさ」

旅の僧や修行者といっても、本物の聖人ばかりではない。郷里を追い出された無法者が田舎者を騙《だま》して泣かせるなどという教訓話は、昔から山ほどあった。

兄の忠告に、フィアは首を傾《かし》げた。

「そういうもんなのかなあ」

「そういうもんなんだ」

さっきから泣きわめいている末の弟を抱き上げて、兄が神妙な顔を作った。

「ちゃんと自覚を持て。明日にはもう、俺は旅立っちゃうんだ。今みたいに、おまえのそばにはいられなくなるんだぞ」

「大丈夫だよ。もしわたしの部屋にノコノコやってきたら、そっ首刎《は》ね落としてやるから」

冗談ではなかった。

フィアは、今では父より剣の腕が立つほどなのだ。竜骨剣がなくても、聖人崩れの荒くれ者など瞬きする間に命を絶てる自信があった。

「そんなことより、その人の話を聞きたいな。早く行こうよ、兄上」

「そんなことで喜べて、フィアが羨ましいな。旅人の話なんて聞いたって、その地に行けるわけでもなし。真偽《しんぎ》もわからないじゃないか」

「それでも楽しいよ、きっと」

フィアは強く兄に言って、弟妹《きょうだい》の面倒を半分受け持つと、小走りに駆け出した。

そのフィアの耳に、どこからかふと、囁《ささや》き声が聞こえた気がした。

(——つまらないよ、きっと)

(……なんだ。ろくに剣も使えなさそうな男じゃない)

晩餐に招かれた来訪者を見て、フィアは拍子抜けした。

確かに、変わった男ではある。

非礼を詫《わ》びたものの、食事が始まっても頑なにフードを取ろうとはしない。

フードの陰《かげ》になってはいるが、その下に隠れているのは、どこにでもいるような凡庸《ぼんよう》な顔立ちだった。顔色は酷く悪い。しかし、不思議なことに、傷なんかどこにも見えなかった。

(なんで、顔を見せようとしないんだろう……)

鼠《ねずみ》色の薄汚れた長衣から覗く腕も、枯れ枝のように細かった。どうやら、巡礼者というのはあながち嘘《うそ》ではないらしい。巡礼のやり方にもいろいろ種類はあるが、大抵《たいてい》は世俗《せぞく》を断つためにろくろく金銭を身につけず、聖堂や物持ちの恩情《おんじょう》を当てにして旅するものだ。それも、受け取るのは常にわずかばかりだから、太る余地はない。

――しかし、変わり者の男が語る各地の噂話は、新鮮で面白かった。

「……ええ？　都市部にも、下級悪魔が？」

客人が語る言葉に、フィアは目を丸くした。

近頃、どこからか煙のように湧いた下級悪魔が、都市部にまで現れたというのだ。

「その下級悪魔は、近くの町の騎士団によって退治されたのですか？」

「わかりません。あまりの恐ろしさに、わたしは早々に逃げてしまったので……」

男の返答に、幼い弟や妹たちは震え上がった。

すると、男は唇の端を上げ、親指と人差し指を揉《も》み合わせて、呪文を唱えた。次に男が指を開いた時には、そこに小さな花がポンと咲いていた。

「ほう。客人は魔術をお使いか」

驚いたように、父が言う。年少の弟や妹たちは、一転してきゃっきゃと笑った。男は頷《うなず》き、こう言った。

「最近では、街道を歩いていても下級悪魔に襲われることがあるそうですから。騎士様ほどとはいかずとも、わたしのように単身旅をする者にとっては、魔術の心得は必要です」

帝政ドラゴニアは、騎士の国だ。騎士の象徴《シンボル》はもちろん竜骨剣による剣技だが、騎士たちは魔術も扱う。

魔術は、学べば誰でも身につけることができるし、有用でもある。けれど、魔術を志《こころざし》のない者が学べば、災禍《さいか》を招くという。だから、民間にも魔術に通ずる者はあったが、そういう輩《やから》は、人々からは一段低く見られていた。

そういう事情もあって、男の話にフィンは苦笑を返した。

「騎士と比べては、市井《しせい》の魔術屋だって形無しでしょう。……それにしても、街道に下級悪魔ですか。辺境は却《かえ》って守りが固いから、下級悪魔たちは、都市部を狙うようになったんじゃないかな。やはり、竜騎士も動いているのですか？」

「当然です」

なぜだろう――。どこか嘲笑《ちょうしょう》を含んだ声で、男は応じた。

「地の果てまでも大悪魔を追い続けるのが、竜騎士の宿命ですから。……実はね。先日、中央に近い大きな町に大悪魔が現れたそうなのですよ」


……大悪魔。


その禍々しいモノの名に、晩餐の席は水を打ったように静まり返った。

「大悪魔が？　それは危険だな」

父が、案ずるように顎鬚《あごひげ》に手を当てた。隣の母も不安げだった。

大悪魔とは、帝政ドラゴニアでは、旱魃《かんばつ》や洪水と並ぶ、恐ろしい災禍《さいか》に数えられる存在だ。

奴ら大悪魔は、下級悪魔の上に立ち、下級悪魔よりもたくみに人間社会に入り込む。そして、ひっそりと現れては無数の人間を惑わし、殺し、肉を食らって去っていくのだ。大悪魔に魅入られた人間は、やがて自分も大悪魔になるか、そうでなくても恐ろしく悪魔的な所業を行うという。諸王が大悪魔憑《つ》きとなり、おぞましい悲劇が起きたという伝説は数多くあった。大悪魔に狙われた集落が全滅したなんていう話も、めずらしくはない。

たとえば、かつては黄金の国と称えられた北方の亡国ウィッラなどは、大悪魔の誘惑によって滅びた典型だ。亡国ウィッラは黄金を求めて竜ノ巣山脈を掘り進み、最後は化外の地までたどり着いてしまったのだ。

だが、フィアはまだ、実物の大悪魔を目にしたことはなかった。——丘陵《きゅうりょう》に躍《おど》る、岩山の巨大な影を除《のぞ》いては。

「大悪魔は、町であろうと辺境であろうと狙ってきますよ。そういうものです」

男が言う。すると、兄のフィンに、父が声をかけた。

「以前、北東のレペシテに大悪魔が現れた時も、なんの前触れもなかった。やはり、対策は必要だろうな。我が領地としても」

「そうですね。父上」

兄と父が、警戒の度合いを強めようと相談を始める。

その中で、ふと見ると、来訪者がまっすぐにフィアの方へと顔を向けていた。

「……？」

不気味な違和感に、フィアは眉をひそめた。

なぜだろうか。どこにでもいるような凡庸な顔をした男の視線が、妙に懐かしいような気がしたのだ。しかし、それでいて、まるで粘りつくような、嫌な視線だった。

（変な男……）

少し考え、フィアは兄の警告を思い出した。ひょっとすると、兄の推察はあながち間違っていなかったのかもしれない。

「……わたしはもう部屋に下がります。よろしいですか、父上、母上」

父と母が頷くのを見て、フィアは立ち上がった。瞼《まぶた》が落ちてきた小さな弟や妹たちを連れて、フィアは早々に晩餐の席を辞した。


それが……、家族と、そして、兄のフィンとすごした最後の時だった。

あの瞬間、生命を与えてくれた両親がなにを話していたのか。血を分けた兄弟たちが、どんな顔をしていたのか。

フィアには、このあとどれだけ時間が経っても、どうしても思い出せなかった。

それから先は、夢の中での出来事のように、どろっとした感覚の中に包まれて、どこまでが現実でどこまでが夢なのか、すべてが曖昧《あいまい》だった。

……ベッドに入って次に目が覚めた時には、黒煙と炎が、難攻不落のはずの居城を――世界の果てたる我が領地を包んでいた。

生きている間に城が焼け落ちる日が来るとは、夢にも思わなかった。

「う、ううっ」

目を開けた瞬間、思わずフィアはうめいた。

いつの間にか、部屋の中にまで黒い煙が満ちていた。激しくむせ返りながら、フィアはベッドから跳ね起きた。

「な、なに、これ……!? まさか……」

火事。

無我夢中で窓辺に取りつき、フィアは激しく動転した。

「こ……、これ、は……」

なんと、燃えているのは、ロカ城だけではなかった。

遥かに見える丘陵地帯に広がる村落や穀物畑からも、渦を巻くような黒煙が上がっているのだ。強い熱風に乗って、かすかに悲鳴が聞こえた気がした。

(これは、下級悪魔を焼き払うための浄化の炎……!?)

下級悪魔は、炎を忌む。

だが、あの煙の数。領地を燃やす他ないほど数限りない下級悪魔が、今夜突然襲撃してきたのだろうか？　空を見上げると、地上で燃え盛る大火を映したように、夜空に浮かぶ満月が真っ赤に焼け爛《ただ》れて輝いていた。

「……い、行かなきゃ……」

でも、どこへ？

わけもわからぬまま、フィアは回廊へと駆け出た。その瞬間、猛烈な熱と黒煙にドッと襲われた。

「うぐっ……！」

体が押し返されるような風圧があった。しかし、なんとか倒れず踏み止《とど》まる。同時に、背中にぞわりと恐ろしさの汗が湧いた。

（……わたし、どれだけ眠っていたの……!?）

まるで、悪夢が現実を浸食してしまったみたいだった。

（早く……、立ち止まってる場合じゃない……！）

走る足がもどかしいほど遅く、おかしいくらいに絡まる。空気が粘液のように抵抗を持って、こちらの足を邪魔するようだった。焦燥より速く、黒い煙がフィアの小さな体を絡め取ろうとしていた。何度か角を曲がり、城内がもうことごとく炎に包まれていることをフィアは悟った。

やっとのことで踏み入れた螺旋階段《らせんかいだん》には、なにかを引きずったような、蛇《へび》がのたうったような血痕《けっこん》が上へと続いていた。

「ひっ……！」

フィアは思わず足を止めた。

（──往《い》くの、退《ひ》くの？）

一瞬にして、二つの決断が天秤《てんびん》にかかった。混乱していた。悲鳴どころか、人の気配すらもない。

（──みんな、死んだ？）

（──なら、わたしだけでも逃げなきゃ）

（──だって、グラウリース家の血筋だけは決して絶やすなって、父上にも母上にも口酸っぱく教えられたじゃない）

（──……うん、駄目だよ）

（──このまま一人で逃げるなんて、できない）

混乱したまま、フィアは、ほとんどなんの策もなしに螺旋階段を駆け上がった。

走る。上《のぼ》る。駆け上がる。

（……焦っちゃ駄目。落ち着いて。まだ間に合うかもしれない。みんな、きっと逃げて、助けを待ってる。わたしが、ここで一番強いんだ。なんとしても、わたしが、助けなきゃ……）

けれど、同時に嫌な予感はどんどん強まり、……確信に変わりつつあった。

ついに、薄暗く閉鎖的な螺旋階段が切れた。塔のてっぺんへ出たのだ。黒雲の切れ間からは、煌々《こうこう》と輝く赤い満月が覗いている。

「……あぁっ……」

フィアの唇から、絶望の声が漏《も》れた。

残酷《ざんこく》な月光の下で目に入ってきたのは、夥《おびただ》しい血だった。

人間の体から止めようもなくあふれ出す、命の破片。

血を噴《ふ》き出しているのは、……愛する家族の死体だった。

「み……、みんな……」

ガタガタと起こる震えが止まらない。膝《ひざ》から崩れ落ちてしまいそうだった。

「みんなが……」

無情にも、素晴らしい精度を持つフィアの目は、一瞬にして家人とちょうど同じだけの死体を数えた。どの体も頭を失っている。

——そして、その奥には、月光を受けて、ただ一人、男が立っていた。

深く被ったフード。不吉な細い顎先。痩《や》せた体軀《たいく》。

（……あの不気味な来訪者の男、だ……）

男は、声もなく、喉を震わせて笑っている。首を失った家族の傍《かたわ》らに立ったその男が、手の中から人間の頭を放った。

「！」

ごろりと転がるその頭に、……顔はすでになかった。

あまりの恐怖に、全身が総毛立つ。

その時だった。ふいに、その男がこちらを見返した。

月光を背にしたその顔は、夜の闇よりなお暗い。真っ黒な虚空《こくう》が、その男の顔中にぽかんと口を開けているようだった。

色濃く伸びた男の月影には、灰色山羊のような渦巻く角と、禍々しい翼、のたうつ尾があった。絵画や逸話で見聞きしていたよりもずっとおぞましいその影を見た瞬間、フィアは確信した。

こいつは、この男は。

この世に巣食う、最悪の存在。


大悪魔だ。


大悪魔が、家族を殺した。

その事実が、残酷にも、鋭くフィアの胸を貫《つらぬ》く。

すべてを察した瞬間、フィアの心は憎しみと殺意に燃えた。床に転がっていた父の竜骨剣を手に取り、フィアは地を蹴った。その時、ほんの刹那《せつな》、脳裏に冷静な自分が現れる。

（……十二歳の子供がたった一人で、大悪魔に敵《かな》うわけ、ない）

大悪魔に勝てるのは、竜騎士のみ。だから、竜騎士に助けを乞わなくてはならない……。

だけど、そんな考えは、すぐにどこかへ吹き飛んだ。閃《ひらめ》くように竜骨剣を振るった直後に、顔面に鮮烈な熱さが走った。

「!!」

大悪魔の攻撃を受けたのだ。

（このまま……、わたしも家族のように殺されちゃうのかな）

かすかにそんな思考がよぎったが、それは瞬く間に泡のように消えてしまった。

裂かれた顔の真ん中から血が噴き出すのを感じながら、フィアは、そのまま大悪魔に全身の力を込めて斬りかかった。

狙うは、急所——すなわち、首だ。

その瞬間、確かな手応《てごた》えがあった。

宙にパッと、瘴気《しょうき》を帯びた大悪魔の血が散った。大気を切り裂くような悲鳴が、あたりに響き渡る。

この小さなフィアが、確かに大悪魔を斬ったのだ。

大悪魔は首を押さえ、よろよろと後ずさり、やがて塔の縁《ふち》から下へと飛び降りた。ロカ城をぐるりと囲う堀は、そのまま白峰川に続いている。フィアは大悪魔を追いかけて縁から身を乗り出し、その姿が白峰川に落ちるのを見た。

だが、それが精いっぱいだった。

その直後、猛烈な炎で顔を焼かれたような痛みに襲われ、そのままフィアは石造りの床に倒れた。

「うっ、ぐぅっ……」

顔が、燃えるように熱かった。顔の中心を大きく斬られ、脳髄《のうずい》まで届いているようだった。

死に至る負傷がどの程度のものか、嫌というほど叩き込まれている。自分が死ぬことを察し、フィアは涙に滲《にじ》む満月を見た。顔が、いや、体中が炎に包まれたように、ジリジリと熱い。

朦朧《もうろう》とする意識の中で、赤い満月だけが美しく輝いていた。なにもかもが灰になって、キラキラと輝きながら、夜空に舞い上がっていく。燃え盛る赤い灰に混ざって、真っ白な四花雨が静かに降っていた。

全部終わった。

視界が、ゆっくりと光を失う。

もう瞳を覆《おお》う瞼も焼け落ちた。

涙を遮《さえぎ》るものはなにもない。

「……、……」

最後に自分がなにを口にしたのか、自分でもわからなかった。

……だが、フィアは死ななかった。

どこをどう彷徨《さまよ》ったのか。フィアは、ただひたすら水を求めて山中を歩いていた。

(……み、みず……)

(水が、飲みたい)

さっきから、耳が白峰川のせせらぎを捉《とら》えていた。生まれた時からすごした土地だ。考えなくとも、体が場所を覚えている。やっとのことで、フィアは白峰川のほとりへとたどり着いた。

(やった……)

(水だわ)

焼けつくような喉を潤そうと、川面《かわも》を覗き込んだ瞬間だった。

フィアは、肝《きも》をつぶした。

長かった灰色の髪は短く焼け落ち、夏の灰色山羊の毛のようにくしゃくしゃだった。

だが、そんなことはどうでもいい。

波紋の揺らぐ水鏡《みずかがみ》に映った自分の顔に、――まったく見覚えがなかったのだ。

大悪魔につけられた傷も、生々しい火傷痕《やけどあと》も、どこにも見えない。

「こ、れは……、……だれ……?」

錆《さ》びた金属音を思わせる、他人のような声が、喉の奥からギリギリと湧き上がった。

少年めいた特徴のない顔が、驚いたように、フィアを見つめている。

（――これは）

（――この、顔、は……）

ふいにあることに気がついて、フィアは激しく吐いた。

この見知らぬ顔は、どことなく、あの大悪魔の男に似ていたのだ。

そして――。

この日から、これがフィアの新しい顔となった。

……それから、フィアは竜騎士を探すため、一人故郷を発った。いくつかの町を訪ねまわるうちに、十三歳となった。誰かと一緒に祝うことも、喜びを分かち合うこともないままに。

あれほど故郷の外に憧《あこが》れていたはずなのに、飛び出してしまえば、ゆっくりと世界を見る余裕なんかどこにもなかった。旅立ったフィアの胸にあるのは、大悪魔を殺すため、奴らを倒す力を持つ英雄たる竜騎士を探すこと、……ただそれのみだった。

フィアには、まるで自分が違う人間になったように感じられた。心と、そして、魂《たましい》までもが、あの大悪魔に焼き尽くされてしまったようだった。

●

そこで、フィアは郷愁を振り払った。今は、やっとのことで見つけた竜騎士を追いかけなくてはならない。

(――いた、あそこだ)

故郷の山で鍛え上げたおかげで、こんな頼りない星明かりの下でも遠くまで視界が利く。フィアは足もとの屋根を蹴り、走り出した。

「……お待ちください、サー！」

走るでもなく、裏道をふらふらと歩いているヴァルの前に、フィアは先まわりして立ちはだかった。

「またおまえか。しつこい奴だな。さっさとどこかへ行けよ」

ヴァルは、うんざり顔でフィアを一瞥《いちべつ》した。脇をすり抜けて去ろうとするヴァルに、フィアは両手を広げて通せんぼをした。

「お願いします、少しだけでもわたしの話を聞いてください！　わたしはあなたを……、竜騎士大ペンドラゴンを探していたんです」

「なにを困ってるのか知らんが、世迷《よま》い言を言うな。ガキはガキらしく、自分の親にでも泣きつけよ」

　フィアの額を小突いて立ち去ろうとするヴァルの背に、フィアは縋《すが》りついた。

「それはできません。わたしの親は、先日二人とも死にましたから」

「なに？」

「大悪魔に、殺されたのです」

「……大悪魔だと？」

　竜騎士は、驚いたように目を見開くと、フィアの顔をようやくまともに見た。

「──おまえさん、いったいどこから来たんだ？」

「竜ノ巣山脈南部のロカから来ました。わたしの故郷ロカは、大悪魔に襲われたのです」

「……なるほど。ロカか」

　顎に手を当ててなにか考え、それからヴァルは言った。

「では……、さては、おまえが大悪魔を斬ったんだな」

「！」

　フィアは、虚を衝かれた。

なぜわかったのだろう？

ヴァルは肩をすくめた。

「おまえは気づかなかっただろうな。あの時、大悪魔の上げる嫌な悲鳴が大気を震わせ、この帝政ドラゴニア中に響いたのだ。大悪魔の声は、普通の者には聞こえない。だが、飛竜は別だ」

フィアは、息を呑んだ。この河岸町ブラケアまで、故郷ロカからどれだけの距離があることか。

けれど、他ならぬ大悪魔の上げる声だ。大悪魔の天敵であり、神性を帯びる飛竜の耳にならば、届くこともあるのかもしれない。

「……ですが、取り逃がしてしまいました。わたしが斬ったあと、奴は竜ノ巣山脈から流れる白峰川に落ちて逃げていったのです」

「だろうな。子供に簡単にやられるほど、大悪魔は間抜けじゃない。だが、奴が手負いとなったことは確かだ」

「なぜわかるのです」

「この町のそばに、『大悪魔の血痕』が落ちていたからさ」

「！　大悪魔の……」

フィアは、目を見開いた。

大悪魔は、その体に流れる血にも強い闇の力を宿す。大悪魔の落とした血痕からは、呪われた瘴気が湧き出るのだ。その瘴気に触れた者はみな、下級悪魔と化してしまうという。

「ここで見つけた『大悪魔の血痕』は、俺が燃やして浄化した。あの酒場にいた下級悪魔たちは、ひょっとすると、『大悪魔の血痕』の瘴気に惹《ひ》かれて現れたのかもな」

「……！　でっ、では、どうかわたしの仇《かたき》も倒して浄化してください！　サー・ヴァル・ペンドラゴン。わたしは、あなたを追ってここまで来たのです！　あなたは、竜騎士団最強の英雄ですから」

急いでそう言うと、ヴァルは、くくっと喉を鳴らして笑った。

「人違いだよ。……そりゃ、先代のことだ」

「え？」

ヴァルの言葉に、フィアは耳を疑った。

竜騎士というのは、いつの時代も必ず七人と数が決まっている。大クエルクス、大レヴィ、大ペンドラゴン……。それぞれが決まった名前を継ぎ、次代に聖剣たる竜牙刀を繋《つな》いでいくのだ。

だが、最近『竜騎士大ペンドラゴン』に代替わりがあったとは知らなかった。そういった情報はあまりよくないものとされ、確かにそう簡単には市井には流れ出ないものだが……。

（けど、市井に出まわっている七人の竜騎士団の肖像に描かれている大ペンドラゴンは、彼のはずだけど……）

フィアは迷った。

この呑んだくれが、大ペンドラゴンの名を継ぐにふさわしい男とは、到底思えない。あの恐ろしい大悪魔に、この評判もわからない竜騎士が立ち向かえるものだろうか？

そもそも、大悪魔が現れるところに、竜騎士は必ず駆けつけるのだと幼い頃からフィアは信じていた。だって、竜騎士は帝政ドラゴニアの英雄なのだから。

（――でも、あの日）

（――竜騎士は、誰一人現れなかった）

黙り込んだフィアに、ヴァルが追い討ちをかけるように告げた。

「俺にはおまえの大悪魔は倒せないぜ。それでもおまえは、俺を頼るのか？」

……わたしの？

ヴァルの嫌な言い方に、フィアは思わず顔をしかめた。

（あんな奴……。わたしの大悪魔なんかじゃ、ない）

あれは、家族の、いや、故郷の仇だ。

するとフィアの失望を放ったまま、ヴァルはその場を立ち去ろうとした。フィアは、わずかに見え隠れする、ヴァルの長衣の下の竜牙刀を見つめた。

いつの間にか、空から降っていた四花雨は止んでいた。

フィアには、彼が竜騎士の名にふさわしい男なのかどうかはわからない。

（……それでも、この人は、わたしが故郷を出て最初に出会うことのできた竜騎士だ）

意を決し、フィアは遠くなっていくヴァルの背中に向かって叫んだ。

「サー・ヴァル・ペンドラゴン！　わたしは、……竜騎士を信じます。あなたがあの大悪魔を倒せないというのなら、わたしが自分で倒します。どうか、わたしに力を貸してください」

フィアの声に、ヴァルは足を止めた。

「力を？　この俺に、いったいなにをしろっていうんだ」

「どうか、わたしをあなたの弟子にしてください」

「……」

「お願いします。弟子にしてもらえるまで、わたしはあなたを追いかけます。どこまでもついていきます。わたし、目には自信があるんです。どこに逃げても、今みたいにきっと見つけ出してみせます」

「なんだそりゃ。脅しかよ」

「お願いします、サー！」

フィアがそう言い募ると、運命を皮肉るようにヴァルは肩をすくめた。

「やれやれ……、大悪魔を斬ったガキか。妙な縁だぜ」

そう言ってから、ヴァルはようやくこちらへ振り返った。

「……だが、おまえさん。自分でそうすると決めた以上、その決断に覚悟を持てよ」

「え……？」

「覚えておけ。大悪魔と深く結びついた者には、常に闇がつきまとう。――こんな風にな」

「！」

……その瞬間だった。ヴァルの背後で、突然なにかがぎらりと光った。

鋭く光るものは、――切っ先の尖った恐ろしいほどに大きな牙だった。いつの間にか、闇の中に、ヴァルをひと呑みにしてしまえるほどに大きな黒犬が佇《たたず》んでいたのだ。

（下級悪魔！）

驚愕《きょうがく》のあまり、フィアはすぐには動くことができなかった。

これほど巨大な下級悪魔を、フィアはこれまで見たことがなかった。しかし、ヴァルはまったく動じずに、竜騎士の証——竜牙刀をすっと抜いた。

その瞬間、世界から音が消えたように感じた。夜の重苦しい空気が、雷《いかずち》でも受けたようにビリビリと震える。

(これが……、竜牙刀……！)

始祖竜の牙を削り出したという神気に満ちた美しいその剣は、月光を受けて強く輝いた。

(なんて美しい剣だろう)

けれど、フィアが竜牙刀に見惚《ほ》れることができたのは、ほんの一瞬だった。黒犬の下級悪魔は、裂けるように大きな口を開き、ヴァルに向かって音もなく襲いかかった。

フィアが息をするのも忘れている間に、竜牙刀は美しい軌道を描いて空《くう》を切った。

「……!!」

気がついた時には、凄惨《せいさん》な断末魔があたりに響き渡り、呪われた黒犬の体は縦に真っ二つに裂けて、どうっと音を立てて地に崩れ落ちていた。

「な、なんだ……!?」

「今、下級悪魔の声が……！」

異変に気づいた町がざわめき出した。町の人々が大騒ぎを始める中、もう興味が失せたように、ヴァルは竜牙刀を鞘にしまった。

「——さあ、ついてきな」

そう言うと、ヴァルは、フィアの名前も聞かずにさっさと歩き出してしまった。

「ま、待ってください！」

その大きな背を追って、フィアは走り出したのだった。


町を囲む防壁を抜け、フィアはヴァルを追って河岸町ブラケアを出た。

次の町へと続いていく街道に立つと、夜の生温《ぬる》い風がフィアたちの体を撫《な》でた。街道の両側に広がる畑には、穀物が緑色の穂を立てて揺れている。日が暮れても夏の気配は色濃く残り、土と緑の濡れたような匂いがした。

街道を歩きながら、フィアは前を行く竜騎士に声をかけた。

「あの、——ヴァル先生！」

「……なんだ？　その先生ってのは」

「だって、わたしを連れていってくれるということは、弟子にしてくださるということでしょう？　なら、それらしい呼び方は必要です。先生というのがお嫌でしたら、師匠でもいいですが」

フィアが懸命にそう言うと、なぜだろう、ヴァルは黙り込んでしまった。掴みどころのない感情が、ヴァルの瞳に湧いた気がした。

「あの、どうなさったんですか？」

「……いや。竜騎士を慕ってくるような奴は、どうしてみんなこうなんだろうなと思っただけさ」

「え？」

「呼び名なんぞ、おまえの好きにすりゃいい」

「……わ、わかりました。では、ヴァル先生。我々は、どこへ向かっているんでしょうか。『大悪魔の血痕』を探すのですか？」

取り逃がしたあの大悪魔は、深手を負っているはずだ。この河岸町ブラケア以外にも、『大悪魔の血痕』が落ちているかもしれない。それを追いかけていけば、きっとあの大悪魔を見つけられるだろう。

しかし、ヴァルは首を振った。

「大悪魔は、普通の生き物とは違う。奴らは強力な魔術を使って、空間を飛び越えるようにして移動することができるんだ。傷を負ったといっても、他の生き物の足跡のように一定の間隔で血痕が落ちるわけじゃないんだぜ」

「でも、それなら、どうやって奴を追えば……」

「一緒に来ればわかるさ。今夜は相棒を待たせてるんだよ。面倒な奴でね。約束を破ると、しばらく機嫌が悪いんだ」

「相棒……？」

フィアは首を傾げたが、ヴァルの返事はなかった。

ふと、後ろを振り返れば、防壁にぐるりと囲まれた河岸町ブラケアからは大きな黒煙が巻き上がっていた。さっきフィアやヴァルが斬った下級悪魔たちの屍骸《しがい》を燃やしているのだ。悪魔と名のつくモノに汚された屍骸は、新たな脅威を引き寄せる。だから、ああして激しい炎によって浄化させなくてはならないのだ。

いつの間にか街道を大きく外れ、二人は鬱蒼《うっそう》とした森へと入っていた。一歩進むごとに、不気味な空気が満ちていくようだった。

（……なんだろう？　この気配……）

フィアは、すっと眉をひそめた。

——この近くに、なにか恐ろしいモノがいる。フィアの胸に、ぞっとするような予感が強く走った。肌がビリビリと粟《あわ》立つ。だが、竜騎士は迷うことも恐れることもなく、どんどん進んでいく。星明かりが翳《かげ》り、夜の闇がさらに深くなった気がした。

すると、どこからか不思議な音が聞こえてきた。

（……これは、いったい、なんの音だろう？）

煮えたぎる湯のような、しゅうしゅう沸き上がる音だった。

フィアは、目を細めて闇の中を見た。

そこには、まるで鏡のように光る、一対の玉があった。じっと目を凝らして見て、フィアは腰を抜かしそうになった。

それは……、飛竜の輝く瞳だった。

火山の息吹のような熱い風が、フィアに向けて猛烈に吹きかけられる。星明かりにきらめく鱗《うろこ》を持つ白銀の飛竜が、そこにいた。

力強い翼を今は畳み、飛竜が、その鋭く光る瞳でフィアを見ている。長い尾を巨大な体躯に巻きつけ、飛竜は蹲《うずくま》るように地に伏していた。

フィアは、大きく息を呑んだ。

（……では、やっぱりブラケアに来る前に見た飛竜は……！）

そうだ。竜騎士となる条件が、これだった。

神の末裔である誇り高き飛竜を従え、騎乗すること。だからこそ、彼らは文字通り竜《ドラ》騎士と呼ばれるのだ。まるで一幅の絵画のように飛竜の頭に手を乗せたヴァルに、思わずフィアはこう訊《き》いた。

「か……、彼が、あなたの飛竜ですか」

「彼女、だ。名はドーラという。——さあ、こっちに来い。一緒にドーラの背中に乗るぞ」

「わ、わたしもいいのですか？」

「飛竜は、天敵である大悪魔の気配にはなにより敏感だ。だから、手負いの大悪魔が流した血を追うなら、飛竜に行方を訊くのが一番手っ取り早い。ま、さすがに本体は、飛竜に臭いを追われるような間抜けな真似はしてないだろうがな……。俺が後ろに乗るから、おまえは前に乗るんだ」

ヴァルに促《うなが》され、おそるおそるフィアは飛竜の背に手をかけた。鱗は鋼鉄のように硬く、隙間なく飛竜の体を覆っている。ヴァルに教えられて飛竜の膝を踏み台にすると、その瞬間、飛竜ドーラは口をわずかに開いた。

「ひっ……」

食われるかと思って、フィアは慄《おのの》いた。

しゅうしゅうと、飛竜の口からは湯の沸くような音が漏れている。

飛竜はまるで、フィアを見下して笑っているようだった。飛竜の口は大きく割れ、覗く牙は恐ろしいほどに鋭い。吐かれる息は、火傷《やけど》するほどに熱かった。縦に裂けた瞳孔《どうこう》は、どこか故郷の灰色山羊を思わせた。だが、そこには灰色山羊のような温かさはなく、ただフィアを視線で射殺《いころ》さんばかりに見据えている。

恐ろしいがとても美しいその獣に、思わずフィアは見惚《と》れた。そのフィアに、ヴァルが言った。

「――飛竜の瞳を見すぎるな。魅了されるぜ」

「！」

「下手に誘われちまったら、気づいた時には飛竜の口の中ってこともあり得る。気をつけることだな」

「は……、はい」

フィアは飛竜から目を離すと、意を決し、筋肉の鎧《よろい》に覆われた誇り高きその背に飛び乗った。その瞬間、ぐおんと背の鱗が波立つ。まるで、生きのいい火山の上にでも乗っているかのようだった。すぐに、ヴァルもフィアの後ろに乗った。

「行ってくれ、ドーラ。目指すは、手負いの大悪魔が残した血の臭い。――『大悪魔の血痕』だ」

「ああっ……」

息つく暇もなく、月光に照らされた大地が遠のいた。猛烈な風が、あらゆる角度から体にぶつかる。音はすべて轟々《ごうごう》と鳴る嵐のような風の中にさらわれた。

おそるおそる目をやれば、想像を絶する美しい光景が眼前に広がっていた。

天には眩《まばゆ》いばかりの星々が満ち、地には、人々の上げるいくつもの煙が見えている。

フィアは、ただ一心不乱にこの世のものとは思えない光景を見つめていた。

空が近づくほどに月光は眩さを増し、世界を縦横に走る大街道は、まるで地をうねる巨大な竜に見えた。北の果てには、帝政ドラゴニアと他国を分ける巨大な山脈が薄っすらとそびえている。

ふいに、恐ろしいほどの突風が吹き荒れた。飛竜は、衝撃を避けて風に乗るように旋廻《せんかい》し、大きく胴を傾けた。危うく落ちそうになって、フィアはあわてて飛竜の硬い鱗に摑まった。

ぐんと世界が転じ、見える景色が大きく変わる。ハッとして、フィアは故郷の方角へと視線をめぐらせた。

……焼け落ちた故郷のロカは、ここからではよく見えなかった。

だが、竜ノ巣山脈は、淡く霞《かす》んでひっそりと佇んでいる。そして、その先にある、闇の支配する化外の地……。

するとフィアのこめかみを挟んだヴァルの手が、視線をぐっと前に向けさせた。

「やめとけ。好奇心に殺されたくなければな。……不用意にあの地を目にすれば、正気を手放す羽目《はめ》になりかねん。まだ騎士になって間もないガキなら、特にな」

「わ……、わかりました」

神妙に頷いたフィアを見て、ヴァルはふっと微笑《ほほえ》んだ。

「いい子だ。――さあ、ここまで昇れば、あの耳ざとい大悪魔にも声は届かないだろう。おまえ、名前はなんという？」

「え……？」

その問いに、フィアは目をぱちくりとさせた。この摑みどころのない竜騎士も、やっと自分に興味を持ってくれたのだろうか？　フィアはすぐにこう名乗った。

「わたし、フィア・グラウリースといいます」

「そうか。確か、その名は、ロカ辺境伯の」

「第二子です。家族はみな死にましたから、今はわたしがロカ辺境伯ですが」

ロカは滅んだ。

滅んだ辺境の領主というのも、皮肉な話だ。

「故郷でなにがあった？　くわしく話してみろ」

「はい……」

目を伏せて感情を抑え、フィアは、ヴァルに故郷で起きたことを淡々と話した。

神気を帯びた飛竜の起こす竜風《たつかぜ》に目を細めながら話を聞いていたヴァルは、やがてフィアに言った。

「……なるほどな。気づいたら顔が変わっていたのか」

「わたしには、この顔が誰のものなのか、見当もつきません」

この顔が、あの大悪魔に似ているとはとても打ち明けられず、フィアは俯《うつむ》いた。すると、なにか少し考えていた様子のヴァルが、ふと口を開いた。

「……おまえは、おまえの故郷を襲った奴がなんと呼ばれているか、知っているか？」

「いいえ」

「ロカを襲った奴は、たちの悪さで有名な大悪魔だ。俺たち竜騎士はあれを、大悪魔『顔《かお》狩《がり》』、または『顔貸《かおがし》』と呼んでいる。ここ数年、あちこちで目撃情報があった奴だ」

「大悪魔、顔狩……」

「おまえ、大悪魔を斬ったと言ったな。……だが、大悪魔もそう簡単にやられはしない。

顔狩の奴は、去り際におまえの顔を盗んでいったのだ。そして、見知らぬ誰かの顔をおまえに挿《す》げた。顔狩は、そうして人の顔を集めて使うのだ」

「……」

そうか……この顔は、そして、あの夜奴が顔に被っていたのは、奴が塵《ごみ》のように殺した、別の、誰かの。

だから、顔狩、そして——顔貸、か。

確かに、たちの悪い大悪魔のようだ。

「いいか、フィア。よく聞け。大悪魔は、一度狙った獲物は逃さない。おまえの匂いと、そしておまえの持っている名前を頼りにおまえを探しに来るはずだ。大悪魔を追うにしても、ふい討ちを食らいたくなければ、当面、違う名前を使うことだな」

「違う名前を……?」

「なに、ほんの少し変えればいい。奴らが察知するのは、名前に込められた魂の力だからな。一音《いちおん》だけでも変えてやれば、奴らにはわからなくなる」

「……」

ヴァルの言葉に、フィアは、静かに胸のうちを探った。

竜騎士を探しまわるうちに、フィアは十三歳の誕生日を迎えた。自分の胸に墓標を立てた、双子の兄のフィンと一緒に。

……いや、違う。

フィアは、ぎゅっと強く二つの拳《こぶし》を握り締めた。

あの晩死んだのは、自分《フィア》なんだ。

そう思うことで、フィアは残酷な悲しみに蓋《ふた》をした。今は双子の兄や家族のことを考えただけで、自分が壊れてしまいそうだった。絶望を頭から追い出すようにして、フィアは思った。

（……わたしの名前は……）

フィアは、心を決めた。

「……ンと……」

「なに？」

ヴァルが、目を瞬く。フィアは錆びた声で言った。

「フィンと、これからはお呼びください」

まるで呪文のようにそう唱え、フィアは、自分《フィア》を捨てた。

フィア……、いや、――フィンは、強く奥歯を噛《か》み締めた。失った家族の代わりに、フィンは心の真ん中に大悪魔を据えた。

顔狩。

顔貸。

この世にはびこるすべての害悪をその身に宿した、忌むべき存在。

フィンの瞳に、燃え盛るような強い炎が宿った。奇妙なことだが、今はあの禍々しい顔狩だけがフィンの壊れそうな心を支えていた。

（……必ずこの手で、奴を討伐する）

フィンは、自分自身に強くそう誓った。

その様子を見て、ヴァルは頷いた。

「……フィンだな。わかった。では、フィン。この景色をよく胸に刻んどけよ。そうすれば、なにがあっても、きっと人間でいられる」

フィンは、大風を起こして飛ぶ飛竜の目で、夜空の下に広がる世界を見た。

世界には、命の息吹が渦巻いていた。

この世界はなんと美しく、大きくて、しかし小さく、だがやっぱり大きいことだろう……。

第二章　瘴気の湧き出る血痕

夜の間、空にも大地にも魔性の気配が満ちていた。しかし、それを振り払うように、人々の灯《とも》す懸命なかがり火が夜を徹して輝き、煙をたなびかせていた。

星空を駆け続けた飛竜《ひりゅう》ドーラは、本当に『大悪魔の血痕《けっこん》』の臭気を嗅《か》ぎ取ったのだろうか？　まもなく、地上を目指して下降を始めた。ドーラが目指しているのは、どうやら、西の交易都市ネブロスのようだった。

（……あそこに、大悪魔顔狩《かおがり》がいる……？）

ふと東から差してきた白い光に、フィンは目を細めた。夜が明けるのだ。彼方《かなた》から顔を出した太陽は、美しい光の帯を大地に這《は》わせた。大地を見下ろすと、帝政ドラゴニアの北を走る巨人山脈を水源とする黒峰《くろみね》川が流れていた。

黒峰川は、竜《りゅう》ノ巣《す》山脈から流れ出る白峰《しろみね》川と対《つい》を成《な》す大河で、水面が黒く濁っているのが特徴だ。黒峰川の水の色が黒いのは、巨人山脈を覆《おお》う真っ黒な土が流れ出し、川底に堆《たい》積《せき》しているからだという。

その黒峰川と街道の交わる地点にあるのが、交易都市ネブロスだ。交易都市ネブロスは、西に点在する辺境伯たちの領地と中央とを結ぶ交易の要衝だった。

飛竜の起こす竜風《たつかぜ》が町に届くのを嫌ってか、ヴァルはずいぶんと町から離れた川辺でドーラと別れた。白銀の飛竜ドーラは、しばらくヴァルとの別れを惜しむように旋回していたが、やがて大空の彼方へ消えていった。

ドーラが去ると、フィンたちはすぐに交易都市ネブロスへと入った。城門は交易都市ネブロスのあくびがちな騎士が守っており、大通りに入れば、まだ朝も早いのに、市場の賑わいが聞こえてきた。

夏だというのに外套《がいとう》を着込んで、いかにもよそ者という風情《ふぜい》のヴァルとフィンは、各地から人が集まる市場でも人目を引いた。けれど、修行のために放浪する騎士や旅の巡礼者《じゅんれいしゃ》は、いつの時代もいる。それに、ここは交易都市だ。よそ者がそうめずらしいというわけでもなかった。交易都市ネブロスの人々は、しばらくの間好奇の目で二人を見ていたが、やがて興味を失い、自分たちの仕事へ戻っていった。

「ヴァル先生、どこか行く当てはあるんですか?」

「決まってる。酒場さ。腹も減ったしな」

ニヤリと笑ったヴァルに、フィンは面食らった。

道理で、歩みにためらいがないわけだ。

「でも、まだ朝ですよ。開いてる酒場なんか……」

「馬鹿《ばか》。一日中開いてる酒場だってあるんだよ」

また額を小突かれ、フィンは閉口した。

「……では、わたしは少し、『大悪魔の血痕』に関する情報を集めてみます」

フィンが立ち止まって言うと、ヴァルは後ろ手を振って応《こた》えた。肩をすくめ、フィンはヴァルの背中を見送った。

「あんまり呑《の》みすぎないでくださいね！　あとで、迎えに行きますから――！」


けれど、ヘトヘトになるまで町を歩きまわっても、『大悪魔の血痕』にまつわる噂《うわさ》なんてかけらも聞くことはできなかった。最後は意を決してネブロス騎士団の本部にまで押しかけてみたが、胡散臭《うさん》がられて追い払われただけだった。

すっかり日暮れになった酒場通りを歩いて、フィンは、下層階級向けのみすぼらしい酒場でようやくヴァルを見つけた。

日雇いの労働者や、流れ者、他の町から旅してきたらしき男たちが、次々と酒場の中へと流れ込んでいく。子供が酒場に入ると怪しまれるので、フードで顔を隠し、フィンはさり気なくヴァルの隣に座った。

「すみません。遅くなりました。ヴァル先生」

フィンがそう言うと、顔を上げもせずに、ヴァルはニヤリと笑った。

「収穫なんか、なかっただろ」

「どうしてわかるんですか？」

「だって、門衛の騎士も町の人間も呑気《のんき》なもんだったじゃないか。大悪魔騒ぎが近隣で起こったなら、もっと警戒するのが自然だろ？　あんなに人通りがあるのはおかしい。つまりは、騒ぎはまだ町に届いてないってわけだ」

フィンは、ヴァルの炯眼《けいがん》に舌を巻いた。さすがだ。見るところはちゃんと見ている。

「ヴァル先生。それじゃ、大悪魔の手がかりは……」

「それより、おまえ、昨夜からなにも食べてないんじゃないのか？」

「え？」

「顔色が悪すぎる。いい加減、なんか食え。でないと、ぶっ倒れるぞ」

止める間もなく、ヴァルはさっさと料理を注文し始めた。フィンは急いで言った。

「待ってください、わたしは……」

あの日以来、食欲がほとんど湧かないのだ。さすがに少しは腹に入れているが、あまり食べる気にはならない。

だが、小さな酒場は、速さが自慢なことが常だ。止める間もなく注文が通り、料理が運ばれてきた。それは、値の張らない旬の野菜や黒峰川で採れた魚の切り身を煮込んだ汁物と、真っ白な乳粥《ちちがゆ》だった。

火の入った食べ物の匂いすらもが胸に重く、フィンは口もとを押さえた。むせ込んでいるフィンに、ヴァルが白湯《さゆ》を差し出してきた。

「ほれ、頑張れ。ちゃんと食わねえと、連れてかねえぞ」

「は、はい」

なんとか白湯を飲み下すと、旅の食糧として携行していた日持ちのする乾物ばかりで持たせていた胃が、ほっと温まった。

促《うなが》されるまま、おそるおそるフィンは湯気を立てている乳粥をひと口食べてみた。柔らかな乳粥が舌を優しく温める。フィンは、昔風邪を引いた時に母が作ってくれた粥を思い出した。

(母上……)

その年のロカは天候不順で、凶作だった。だから、この乳粥よりもずっとずっと薄かったけれど、母の作ってくれた粥は四花雨《しのはなさめ》のように真っ白に輝いて、とても美味《おい》しかった。

たまらず、思い出と一緒に深く息を吐くと、爽《さわ》やかな香りが鼻を抜けていった。

「美味《うま》いか？　西方の粥は、薬草の根が入ってるんだよな。これが、二日酔いの胃に効くんだ」

「そう……、ですね」

母の作ってくれた粥にも、体を温める効能のある薬草の根が入っていた。あの薬草の根は、初めは舌に痺《しび》れるような味を感じるが、慣れるととても美味しいのだ。

だけど……。

(わたしだけ、こんな風に食べていいのだろうか)

みんな、死んでしまったというのに。

もう、なにも食べられなくなってしまったというのに。

涙がこみ上げそうになるのをこらえて唇を噛《か》んでいると、ヴァルの大きな手のひらがフィンの頭に乗った。

「食え。なんも考えないで、食え。飯を食う時なんざ、いつだってそれでいいんだ」

「はい……」

フィンは頷《うなず》いて、再び乳粥を口に運んだ。今度は、ひと口目のような胸を衝《つ》く痛みは消え、ただ美味しさだけを感じることができた。久しぶりに体の芯が温かみで満ちていく。

時間をかけて食事を終えた頃、ふと、フィンたちの後ろから、酒杯を乱暴に卓子《テーブル》に叩きつける音が聞こえた。

「ああっ、ちくしょう！　なんてこったよ、やってられねえ……」

思わずフィンが振り返ると、働き盛りの年頃の男が酒の追加を頼んでいるところだった。どうやら、彼にも明日の明け方頃には薬草入りの乳粥が必要になりそうだ。

(彼も町の者ではないな)

男の風貌《ふうぼう》を眺めながら、フィンはそう思った。

日焼けした肌には深い皺《しわ》が刻まれ、髪や皮膚《ひふ》は水気がなく乾燥している。あれは、長年日差しと風にさらされてきた肌だ。着ている服を見れば、この交易都市ネブロスで安く売られている麻製の上衣だが、ずいぶん年季が入っている。下衣は革製で、外歩きをよくしている証《あかし》だ。だが、上下ともずいぶんと破れや泥が目立っている。

特に、あの首まわりの黒ずんだ染みは……。

(血の染み、だな)

それも、まだ真新しいようだ。フィンは、目を細めた。彼の卓子《テーブル》に立てかけられているのは、剣ではなく、手斧《ておの》だった。

(……ネブロスと行き来のある、この辺の里の者か)

酒場のおかみさんが追加の酒を男に運ぶと、その骨張った肩を叩いた。

「おやおや、ジルトじゃないか。久々にうちに来たと思ったら、今夜は酷《ひど》く荒れてるねえ。そんなに呑んで、大丈夫なのかい？」

「そりゃ呑みたくもなるよ。下級悪魔どもに里が襲われてるかもしれないってのに、騎士団本部に駆け込んでみりゃ、大熊か狼かなんかの仕業じゃないのかって、けんもほろろだったんだ。確固たる証拠がなけりゃ、動けないんだってよ。俺たちだって、毎年ネブロスに少なくない額の税を納めてるってのに、まるっきりよそ者扱いだ」

「困ったもんだね。まあ、所詮《しょせん》、騎士団なんざ、世間知らずで苦労知らずなお坊ちゃま方の集まりさ。我々庶民《しょみん》の気持ちなんてわからないんだよ」

不満そうに愚痴《ぐち》ったおかみさんを見て、フィンは目を丸くした。

フィンにとって、騎士とは子供の頃からの憧《あこが》れの存在だった。だが、市井《しせい》の人々にとっては、必ずしもそうではないらしい。

男もおかみさんに同意のようで、こう頷いた。

「まったくだよ。……ちくしょう。俺一人じゃ、里に帰れるかどうかも怪しいってのに」

「あたしら下々《しもじも》の者《モン》には、できることなんかなにもないのさ。怖けりゃ逃げちまえばいいんだよ。そういう本当に恐ろしいモンにゃ、誰も敵《かな》わないんだから」

酒場らしい早口でそう言うと、所詮は他人事《ひとごと》の彼女は次の注文を捌《さば》きに消えた。残された男は、追加の酒を早々に飲み干して、頭を抱え込んだ。

「ああ、俺はどうすりゃいいんだ……！」

大きなため息を耳にして、フィンは顔を戻した。隣で酒を呑んでいたヴァルが頷く。

「どうやら、張ってた甲斐《かい》があったようだな」

「ヴァル先生……」

「町の中が騒がしくないんなら、問題が起きているのは町の外ってことになる。ここはよそ者が集まる酒場みたいだから、待ってりゃなにかあるんじゃねえかと思ってたんだ」

したり顔で、ヴァルが笑う。だから、フィンのように無駄に歩きまわることをせず、ヴァルはこの酒場に向かったのだ。竜騎士の直感はよく当たるというが、まさにその通りだった。

フィンは、項垂《うなだ》れている男をもう一度見た。すると、その時ちょうど、相手の方もフィンたちが視線を送っていることに気がついたようだった。

男は、フィンの背中の鞘《さや》に収められている、竜骨剣《りゅうこつけん》に目を留めた。

竜骨剣は、騎士の証だ。驚いたように目を見開いてから、意を決したように、男はこちらに近づいてきた……。

＊＊＊

その日のジルトは、弟のロブと一緒に馬を並べて、街道から少し離れた森の植林地帯へ木材の伐採に向かっていた。

「ちぇっ、今日も暑くなりそうだなぁ」

まだ午前だというのに、もう木漏《こ も》れ日は蒸すような暑さを帯びていた。じりじりと蟬《せみ》がうるさく鳴き始め、まだ若いロブがイライラとまとわりつく小虫を払った。

「おまえが昨夜遅くまで呑みすぎて寝坊するから悪いんだろうが、ロブ。まったく、こんな日は、暑くなる前に仕事を終えて帰りたかったのによ」

ジルトの小言に、お調子者の弟がヘラヘラと笑った。

「へへへ。そう怒んなって、兄貴」

川沿いを下っていくと、やがて、里の連中が休憩と木材の保管に使っている掘っ立て小屋にたどり着いた。ここから黒峰川を遡《さかのぼ》れば、二人の暮らす離れ里レプスに入る。このまま街道に出てしばらく歩けば、交易都市ネブロスだ。

切り出しを始めて少し経つと、もう酒の味が恋しくなったのか、弟が笑った。

「なあ兄貴。今日はさ、切り出した木材は小屋に置いといて、ネブロスに呑みに行っちゃおうぜ」

「そうさなぁ……」

ジルトは、汗の粒が浮かんだ額を拭《ぬぐ》った。確かに、こんな日は酒場でよく冷えたやつをぐいっとやりたくなる。

「だが、そのためにはもう少し切り出しを進めとかないとな。ほら、やるぞ」

手を焼きながらも可愛《かわい》がっている弟に、ジルトは威勢よくそう言った。

すると、ふいに、ロブが顔を上げた。

「ん？　どうしたよ」

「いや、馬の様子が……」

ロブは、首を傾《かし》げながら馬たちのいる木陰《こかげ》に向かって歩き始めた。確かに目をやってみると、さっきまで水を飲んでいたはずの馬たちが、川辺の茂みに鼻面《はなづら》を突っ込んでいるようだった。ぶるぶると尻尾を震わせている馬の大きな尻が、わずかに見えていた。誘われるように、ロブがゆっくりと馬に近づいていく。

その様子を見て、ジルトは呆《あき》れて首を振った。

「……やれやれ、またか」

弟のいつもの怠《なま》け癖がまた出た。そう思って、ジルトは手斧を握り直した。しかし、幹に幾度も斧の刃を入れないうちに、背後から引きつるような悲鳴が聞こえた。

はっとして振り返ると、さっきまで見えていた馬の尻は消えて、代わりに茂みからは、弟の下半身がはみ出していた。

「なにやってんだよ、ロブ」

　転んで茂みの枝にでも引っかかっているのだろうか。それとも、怪我した振りでもして、残りの仕事をジルトに押しつけようとしているのかもしれない。まったく、横着者の弟には困ったもんだ。

　深くため息を吐きながら、ジルトは弟のそばへ近寄っていった。

　ぎっ、ぎっ、ぎっ、と、なにか堅いものが軋《きし》むような音が聞こえている。

（なんの音だろう？）

　馬には、馬具なんかつけていなかったはずだが。そう思いながら腰を落とし、茂みを覗《のぞ》き込んだ瞬間だった。

　ジルトの顔に、温かで粘つく液体がびしゃりとかかった。

「わっ、なんだ……!?」

　思わず、ジルトは顔を両手で拭った。嫌な臭気が鼻をつき、ぎょっとして目を瞬《またた》くと、両手が血に染まっている。

「――!!」

　ジルトは、大きく息を呑んだ。

その瞬間、光を失った弟の目と視線が合う。

弟は、その体を、馬の姿をした二匹の下級悪魔に挟まれるようにして食《は》まれていた。

馬具の軋むような音は——弟の骨が砕ける音だったのだ。

「ロブ……！」

ジルトは、悲鳴のように弟の名前を呼んだ。

下級悪魔は、ジルトの姿を認めると、こちらにも牙を向けてきた。

「うわっ……！」

あわててジルトは踵《きびす》を返した。無我夢中で手斧を振りまわし、どこをどう走り抜けたのか。……いつの間にか、ジルトは黒峰川に落ちて流されていた。

運よく岸辺に這い上がり、気がつけば、ジルトは一人、交易都市ネブロスの城門のそばでぐったりとして寝転んでいた。真夏の太陽が濡れた服を乾かしていたが、……弟の血だけは、消えずに黒ずんだ染みとなって残っていた。

それが——、今日の夕暮れの出来事だった。

我に返ったジルトは、急いでネブロス騎士団の本部へと駆け込んだ。しかし、返答はにべもなかった。

＊＊＊

（あくびばかりしていたあの騎士たちのたるんだ様子では、無理もないな……）

話を聞いていたフィンは、焦燥しているジルトに尋《たず》ねた。

「確かに、馬が下級悪魔に変わっていたのですか？」

「は、はい……！　この目で見たんです。あれは、確かに俺たちの馬でした。あの馬が、あいつを、ロブを、俺の兄弟を……！」

ジルトは泣き出した。フィンは眉間《みけん》に皺を深く寄せ、ヴァルに訊《き》いた。

「馬の姿をした下級悪魔でしょうか。それとも、馬を殺して屍骸《しがい》を操っているなら、寄生《きせい》蜂《ばち》のような魔術を使う下級悪魔か……」

「やもしれませんな。騎士様」

ヴァルは、まるで他人事みたいにそう言った。

フィンが驚いて目を上げると、ヴァルはニヤニヤと笑っていた。竜牙刀《りゅうがとう》もしまい込んだままだし、竜騎士だと明かすつもりはないらしい。

ヴァルは、竜騎士としてフィンを試しているのだろうか。それとも、ただ怠けたいだけ？　フィンには判断がつかなかったが、二人の無言のやり取りに気づかないジルトがこう懇願してきた。

「どうかお願いします、騎士様！　あれからもうかなりの時間が経《た》っています。俺の里も、今頃どうなっていることか……！」

「……わかりました。とにかく、あなたの里へ行ってみましょう。ジルトさん」

ジルトに取りすがられ、否応《いやおう》なくフィンは頷いた。

朝を待って、フィンたちは交易都市ネブロスの借馬屋で馬を借り、ジルトの案内に従って離れ里レプスへと向かった。

ヴァルはといえば、今はフィンの後ろに寄りかかって、ぐうぐう寝息を立てていた。先導するジルトは歩いている。懐《ふところ》具合は誰も余裕がなく、一頭しか馬を借りることができなかったのだ。

「あのう……、騎士様。そちらの御仁《ごじん》は、騎士様の付き人かなにかなのですか？」

ヴァルが眠りこけているのを見て取り、ジルトが遠慮がちに尋ねてきた。自分の肩に顎《あご》を引っかけて寝ているヴァルを横目で見て、フィンは曖昧《あいまい》に答えた。

「まあ、そんなところです。下級悪魔との戦いでは邪魔にはなりませんので、心配しないでください」

「はあ……」

ジルトは、腑《ふ》に落ちない様子で頷いた。黒峰川の流れに沿って北上した先に、離れ里レプスはあった。

離れ里レプスは、周囲を幾重もの鉄製の柵と深い堀で囲われ、小高い丘に作られた集落だった。柵と堀には、結界術が施されている。こういった型の小さな集落は、帝政ドラゴニア西部ではよく見られた。

しかし、ジルトとともにたどり着いた離れ里レプスの対応は、意外なものだった。

「――ジルトだって？　だが、ジルトは死んだはずだぜ」

「……おまえさん、本当にジルトなのかよ」

離れ里レプスの見張り手たちは、武器を構え、怪しむようにこちらをにらんだ。なかば門前払いのような対応に、ジルトは焦ったように叫んだ。

「なっ……、なにを言ってるんだ!?　よく顔を見ろよ、ほら。俺だよ、ジルトだよ！」

ジルトの声は、すぐに涙交じりになった。

「伐採小屋のあたりで、下級悪魔が出たんだ。俺の弟が、ロブの奴が……！　こっ、殺されちまったんだよぉ！　だけど、ちゃんとネブロスで騎士様に助けを求めて連れてきたんだ。だから、早く通してくれよっ」

見張り手の男衆《おとこしゅう》は、胡乱《うろん》な視線をフィンたちに投げた。しかし、フィンの背中にある竜骨剣に目を留めると、ようやく納得したようだ。

竜に連なるものたちは、悪魔と名のつくモノたちとは対極の神聖な生き物だ。飛竜の肋《ろっ》骨《こつ》から作られた竜骨剣は、いくら下級悪魔がたくみな魔術を駆使しようと、再現できるものではない。

「……わかったよ。ほら、入れ」

「ただし、見張りはつけさせてもらうぞ」

横柄な態度でそう言うと、男たちは渋々、フィンたちを里の中へと招き入れた。頭を下げもしない同胞たちを見て、ジルトは困惑したように眉をひそめた。

「も……、申し訳ございません、騎士様。命からがら帰ってきたってのに、いったいなんだってんだよ……」

ジルトの言葉を聞き流しながら、フィンは里の空を見上げた。黒煙が、幾筋も逆巻くようにして上がっている。

（なにかを燃やしているな）

なにを燃やしているのか。……まあ、察しはつく。

里の寄り合い所に案内されると、竜骨剣を持ったフィンを中心に、里の長老格たちが集まり、話し合いが始まった。

「――男衆たちが無礼な真似をいたしたそうですね。本当に申し訳ございませぬ。どうかお許しくだされ、騎士様」

そう深々と頭を下げたのは、里長《さとおさ》を務めるというジルトたちの父だった。里長は深く皺の刻まれた顔を苦渋そうにしかめると、うめくように続けた。

「……実は、昨夜も同じように、二頭の馬を連れたロブがこの里に帰ってまいったのです。――ジルトが、下級悪魔に食われたなどと嘘《うそ》を吐いて」

なるほど、そういうわけか。

フィンが頷くと、里長は続けた。

「ですが、ロブも馬たちも、すでに下級悪魔に成り果てておりました。奴らはまんまとこの里に入り、仲間たちを何人も襲って食らいました。我らも抵抗はしたのですが、どうしようもできず……。夜明けになって、朝陽《あさひ》を嫌う奴らはようやく去っていったのです」

予想した通りだった。空に上がっていた黒煙は、殺された者たちの屍骸を燃やす炎だったのだ。

「ネブロスには救援を求めに使者を？」

「はい。下級悪魔たちが去ってすぐに」

そう頷いた里長は、眉間の皺を深く寄せたフィンの表情を読み取り、目を細めた。

「……会わなかった、ようですね」

「ええ。残念ですが、襲われたと見るのが妥当でしょう」

フィンたちは、急ぐジルトの案内に従って、一番近い道を通ってこの離れ里レプスまで来た。里の使者たちも急ぎだ。同じ道を使っただろう。

かち合わなかったということは、……そういうことだ。

「騎士様。森狩りをすれば、下級悪魔を追い払えるでしょうか？　それとも、もう諦《あきら》めて炎をかけるべきか……。あそこは、何十年もかけて植林してきた森ですが、やっぱり燃やすしかないのでしょうか」

そう強力でない下級悪魔であれば、数を頼めば犠牲は出るだろうが、騎士でなくとも武器や炎を駆使して追い払うことはできる。森ごと焼き捨てるのは、炎を忌《い》む下級悪魔には確かに有効だが……。

里長は、悲しげに目を伏せた。

「……ですが、あの森がなければ、我々は冬を越せません」

そうだろう。

フィンの故郷ロカも貧しかったから、この離れ里の者たちの気持ちはよくわかるつもりだった。

「あの森で、我々は木材や薪を確保していたのです。あそこを燃やしてしまったら、この里は暮らしていけません。どうかお願いします、騎士様。この里をお救いください！」

「お、俺からも、もう一度お願いします。騎士様！　どうぞその竜骨剣で、下級悪魔を倒してください」

里長の隣に、傷の手当てを終えたジルトも並んだ。他の長老格の老人たちも、次々にフィンを囲んで頭を下げた。

「できる限りのことはします。それが、我々騎士の務めですから。だから、そんなに頭を下げないでください」

フィンがそう頷くと、横でヴァルが鼻を鳴らして低く笑った。しかし、それに気づいた様子もなく、里長たちはぱっと顔を輝かせた。

「あ、ありがとうございます！　今から食事をお持ちしますので、戦いの前に力をつけてください」

すると、その言葉を合図に、もてなしの料理が運ばれてきた。ほっとした離れ里レプスの面々が、フィンやヴァルに酒を注いだり、外でハラハラと待っている者たちに報告に走ったりと動き始めた。

フィンくらいの年齢であっても、一人前の騎士なら酒くらい嗜《たしな》むものだ。けれど、このフィンたちに対する心づくしのもてなしは、あまり豊かでない様子の離れ里レプスでは手痛い出費に違いない。それがわかるだけに手をつけられずにいるフィンを尻目に、隣のヴァルは遠慮もなく食事にとりかかった。

「お人好《よ》しなこったな。ずいぶんな安請け合いだぜ」

さっそく酒を引っかけたヴァルが、フィンに言った。

「ですが、わたしは騎士です。下級悪魔退治は、騎士の仕事ですから」

唇を尖らせてそう答えてから、フィンは話題を変えた。

「──今度の事件について、ヴァル先生はどう思いますか？」

「なんだ。おまえ、まだ見当がついてなかったのか？」

「え？　でも……」

まだ、肝心の下級悪魔と遭遇してもいないというのに、ヴァルはもうなにかわかっているのだろうか。その疑問に答えるように、ヴァルが言った。

「この離れ里には、死んだ男と馬しか現れなかったと言ってただろ。屍人《しかばねびと》どもを操ってる下級悪魔がいたとしたら、そいつはどこ行ったんだ？」

「それは……」

「もちろん、敵が姿を眩《くら》ませる魔術を使って隠れていた可能性もなくはない。けど、ドーラは大悪魔の気配を追ってここへ来たんだ。それを考えればわかるさ……『大悪魔の血痕』だよ」

「『大悪魔の血痕』！　ここに、あるというのですか」

「俺はそう思うがね。……馬が先に『大悪魔の血痕』の瘴気《しょうき》に触れて下級悪魔となり、男を食った。その拍子に、男の死体も『大悪魔の血痕』の瘴気にさらされちまったんだろう。──『大悪魔の血痕』から放たれる瘴気に触れると、生きているものも、そうでないものも、みんな下級悪魔になっちまうからな」

「……では、あの大悪魔は、白峰川に落ちて流されたあとで、河岸町ブラケアを越え、この離れ里レプスのそばを通ったのでしょうか」

「そういうことになるだろうな」

あの大悪魔顔狩は、いったいどこへ向かっているのだろう？

西向きの窓を見れば、外はもう夜の闇《やみ》に沈んでいた。どこまでも続く竜ノ巣山脈の険しい稜線《りょうせん》は、今は見えない。あの山脈に沿うように北上していけば、帝政ドラゴニアの北端を走る巨人山脈とぶつかる。その途上には、いくつかの大都市があった。城砦《じょうさい》都市コリーナ、湖上都市リムネ、神聖都市ウィッラ……。
しかし、いくら考えてみても、顔狩が目指す先はフィンにはわからなかった。

「……今は、大悪魔の足取りよりもまず、『大悪魔の血痕』とそこから生じた下級悪魔に対処しなければなりませんね」

「ああ。せいぜい頑張るこったな」

「え？」

フィンは目を瞬いた。

「それじゃ、ヴァル先生は一緒に来ていただけないんですか？」

「請け負ったのはおまえだろ。騎士様の付き人は、酒呑んでこの里で寝てるよ」

そう言うなり、ヴァルはごろんと横になってしまった。さっさと瞼《まぶた》を落としたヴァルを見て、フィンは、ぽかんと呆気《あっけ》に取られた。

（狸《たぬき》寝入りだったのか……！）

眠りこけた振りをして、ヴァルは、さっきのフィンとジルトの会話を聞いていたのだ。

まったく、本当になんという竜騎士なのだろう。

翌日、案内役に手を挙げたジルトを連れて、フィンは出発していた。

「付き人の方は、起こさなくてもいいんですか?」

「ええ、まあ……」

本当は何度も起こそうとしたのだ。だが、ヴァルの返答はにべもなかった。

ヴァルを起こそうと難儀していたせいで、もうずいぶん太陽が高い位置に昇っている。

猛暑のせいで木漏れ日すらも日差しは厳しく、木々の狭間《はざま》からは蝉の鳴き声が雨のように降り注いでいた。時折色鮮やかな川鳥が飛び、黒峰川の魚や小虫を狩っていた。

(今日も暑いなあ……)

なんだか、ロカを離れてから、ずっと真夏の只中《ただなか》にいるようだった。夏の盛りだったロカから北上しているのだから、季節が変わらないように感じるのも当然かもしれない。しかし、フィンには、あの悪夢のような夜から、まるで時が止まっているかのように思えた。

やがて、下級悪魔に襲われたという川辺の伐採小屋にたどり着いた。この頃には、ジルトはもうガタガタと体中を震わせていた。

「お……、弟の奴は、このあたりにいるんでしょうか……」

「あなたは、この小屋に隠れていてください。わたしは、下級悪魔がいないかこのあたりを偵察してきますから」

怯《おび》えているジルトを小屋に押し込めると、フィンは馬に水をやって木に繋《つな》いだ。

（まだ馬に異変はないな……）

離れ里レプスから乗ってきた馬は、あたりに気を配ることもなく、のんびりと下草を食《は》んでいた。獣《けもの》は、人間よりも危険を察知する感覚に優れているものだ。どうやら、今はこのあたりに下級悪魔はいないらしい。

フィンは、すぐに『大悪魔の血痕』を探して歩き始めた。

それは、黒峰川沿いにあった。

（……あれか）

初めて目にするフィンにも、すぐわかった。

大人が腕を広げたほどもあるその一帯は、昼間だというのに、不気味な黒い影を地中から湧き出させている。瘴気だ。『大悪魔の血痕』と呼ぶにふさわしい、禍々《まがまが》しい光景だった。

あの瘴気に触れると、人も獣も、下級悪魔に変じてしまうとヴァルは言っていた。

また新たな下級悪魔が生まれ出ないように、早く炎で清めなければならない。

下級悪魔の屍骸などの瘴気で汚れたものの浄化方法は、帝政ドラゴニアの者なら誰でも知っている。ヴァルに聞いたところによると、『大悪魔の血痕』の浄化方法も同じでいいそうだ。

フィンは、『大悪魔の血痕』の周囲に薪や枯れ葉を積んでいった。そのさらに外周に水が染み出るまで堀を掘ってから、幾度も醸《かも》した強い酒を撒いた。離れ里レプスで分けてもらったものだ。風向きを確認し、まわりの森に延焼しないように気をつけながら、フィンは火を放った。

黒煙が巻き起こり、『大悪魔の血痕』は、徐々《じょじょ》に浄化されていった。

（……本番は、やっぱり夜かな）

なら、フィンも一度あの伐採小屋に帰って、休んでおいた方がいいかもしれない。決断したらさっさと立ち上がって、フィンは小屋に戻った。

伐採小屋では、膝《ひざ》を抱えたまま、ジルトがぶるぶる震えていた。彼にも休むよう伝えて、フィンは夜を待った。

物思いに耽《ふけ》っていたフィンは、ふと、亡き父の竜骨剣を見た。

故郷ロカを出てから、まるでいっぱしの騎士のように竜骨剣で下級悪魔を退治しながら世界を旅している。幼い頃から夢見ていたことだ。フィンは、それが不思議だった。

（……夢が叶うって、こんなことをいうの……？）

……いつの間にか、まどろんでいたらしい。

しんと静まった伐採小屋で舟を漕《こ》ぐうちに、フィンはおかしな夢を見た。

誰かが、懐かしい声で語りかけてくるのだ。

「……ねえ、フィア。おかしいよね、こんなの。どうして、俺の人生をおまえが歩んでいるのさ？」

●

――ロカ辺境伯のグラウリース家といえば、秘密の多い一族だった。

帝政ドラゴニアが興《おこ》る前から続く古い家系で、その使命は、どれだけ月日が経とうとも、変わることがない――竜ノ巣山脈の中腹という最前線で、下級悪魔から人の世を守ることだ。

そんな僻地《へきち》で育った少年フィン、の脳裏に、幼い頃の思い出として、一つだけ鮮明に残っているのは……。

双子の妹《いもうと》の、フィアが泣いている声だった。

格闘術の鍛錬で父にコテンパンにされ、妹は泣いているのだ。

「フィン……、フィンン……」

その頃は、まだ兄の方が妹より強く、兄には簡単にできることが、妹にはできなかった。

フィンは、言葉を話すのも知能の成長も剣の上達も妹より早かった。いつまで経っても喋らない妹が初めて口にした言葉は、『母上《ママ》』でも『飯《まんま》』でもなく、兄の名前。——『フィン』だった。

急いでフィンが慰めに行くと、その腕をすり抜けて、妹は泣きながら父にもう一度挑みに行った。

フィンたち兄妹《きょうだい》は、双子だった。顔は瓜二つだったが、性格はちっとも似ていなかった。妹は昔から好奇心旺盛《おうせい》で、ちょっと目を離すとすぐに姿を消してしまうのが常だったが、兄のフィンはというと、誇り高く聡明で、その分自分の感情を表に出すのが下手《へた》な子供だった。

父はとても厳しく、まだ幼い双子に厳しい試練をいくつも与えた。殴られることもしょっちゅうだったし、時には過酷な山駆けを命じられたりもした。でも、これは、下級悪魔だらけの辺境では仕方のないことだった。

「父上は厳しい方だけれど……、二人のことを深く考えていらっしゃるのよ」

いつも大きなお腹《なか》を抱えていた母が、毎日生傷をしこたま作る双子に、そう声をかけることがあった。

そういう時、気のせいか、母の悲しそうな視線は、フィンよりも妹に注がれているようだった。

(――そうだった。子供の頃、母上はいつも、妹ばかりを見ていたっけ……)

でも、それは、愛情というよりも、哀惜《あいせき》の視線といった方が正しかった。いつか、そう遠からず我が腕の中をすり抜けていってしまう、愛《いと》しくて悲しい思い出を眺めているような、そんな目。

(母上は知っておられたんだな。……フィアが、早くに死んじゃう子だってことをさ)

思えば、フィンは将来グラウリース家を継ぐ身だったからか、ずいぶん大切に育てられたものだった。

歴代の例に漏《も》れることなく、物心つく前からフィンも妹も戦闘技術や生存技術を叩き込まれて育った。でも、いつもフィンは前線に見えて安全な位置に配され、一方の妹は、いつ下級悪魔の奇襲を受けてもおかしくない危険な戦場に立った。

本家の長男は爵位を継ぐから重要だが、そのすぐ下の弟か妹は、まるで生《い》け贄《にえ》のように危険の前に差し出される。

それは、竜骨剣も持たない領民たちが命を張って見張りや防衛に当たる辺境では、仕方のない風習だった。自ら危険を冒《おか》さず死地に立たない領主の家は、やがて人々の信頼を失って没落する。生け贄の子供を、古くからグラウリース家では、『二番目の灰色山羊《やぎ》』と呼んだというのは、あとから知ったことだ。

それが、フィンたち兄弟の場合は、双子の妹フィアだった。

真相を薄っすら悟った時、フィンは妹が哀《あわ》れでならなかった。しかし、仕方のないことだとも思った。もはや戦線がもたないという警告の声は、フィンの短い人生のうちでも何度も聞いたし、竜ノ巣山脈を越えてやってくる下級悪魔の群れは年々強力になった。下級悪魔の犠牲者が出ない年の方がめずらしかった。

そんなある日のことだった。

フィンは、息せき切って父のもとへと駆け込んだ。

「――大悪魔が北東のレペシテに現れたというのは本当ですか、父上」

すると、父は、厳《いか》めしい顔をますますしかめて、息子に頷いた。

「そのようだな。どうやら、愚《おろ》かな魔術屋が喚《よ》び出してしまったらしい」

「では、レペシテの大悪魔は、人間の手によって召喚されたということですか？」

「そういうことだ。大悪魔召喚の法は禁術になって久しいというのに、いまだに闇の中で密《ひそ》かに広がっているらしい。なんにせよ、大悪魔なんていうモノを召喚できるのは選ばれし者のみでよかった。大悪魔は、あらゆる願いを叶えてくれるというからな。誘惑に負けてしまう人間がいるのも、無理からぬことだが……」

父の話を聞いて、幼いフィンは思った。

（――あらゆる、だって？）

本当にそんなこと、できるのだろうか。だって、たとえば、『この世から大悪魔をすべて消してくれ』と願われたりしたら、奴らはどうする気なんだろう。自分ごと消してしまうのか？　なんとも皮肉な気がして、フィンは思わず笑った。

（……でも、選ばれし者っていう、響きはいいな）

フィンも、特別な存在になりたかった。お金が欲しいわけでも偉くなりたいわけでもないが、なにか立派なことをしたいという思いは日に日に強くなっていた。

「父上、それじゃ、彼の地に竜騎士は現れたんですか？」

大悪魔が現れた、ということは、すなわち竜騎士が迎え撃った、ということでもある。小さなフィンは、帝政ドラゴニアの他のどの男児の例にも漏れず、竜騎士の話題が大好きだった。

「うむ。今回は、たまたま竜騎士が近くに逗留《とうりゅう》していたらしい。だから、大きな被害は出なかったようだが……」

「やっぱりそうでしたか。素晴らしいな。さすがは、栄光ある我らが竜騎士！　大悪魔が悪さを働く前に、蹴散《けち》らしてしまったのですね」

竜騎士の活躍を、フィンは自分のことのように誇らしく思った。少年フィンにとっては、恐ろしい大悪魔の出現はすべて竜騎士の英雄譚《えいゆうたん》に等しい。その陰には、確かに人の死という悲劇が存在するにもかかわらず……。

中でも、竜騎士大ペンドラゴンは特別だった。大ペンドラゴンにまつわる伝説は、フィンも妹もお気に入りで、昔は父や母によく話をせがんだものだ。帝都にまぎれ込んだ人狼退治に、巨人山脈のトロール狩り。それから、恐ろしい海魔をも倒し……。

「おまえは、よほど竜騎士が好きなのだな」

「帝政ドラゴニアに生まれて竜騎士を志《こころざ》さぬ者は、男ではありません。あと何年かで俺も名のある騎士団に見習いとして入団できます。そうなったら、俺は必ず自分の飛竜を獲《え》るつもりです」

「そうか……」

そう呟《つぶや》いて、父は物憂《ものう》げに俯《うつむ》いた。

フィンは、窓の向こうの喧騒《けんそう》を聞きつけて目をやった。外では、不器用でお転婆《てんば》な妹が、馬に乗って空を舞う小鳥を追っていた。

（あーあ、馬鹿なフィア。今に落ちるぞ……）

向こう見ずな妹が小鳥を捕まえようと馬の背に爪先立って足もとがおろそかになっているのを、フィンは目で追った。妹は、フィンとは違って不器用極まりない。判断力も乏しいものだから、できることとできないことの区別もつかないのだ。傍《はた》から見ているこっちとしてはいつも気が気じゃなかった。だって、妹のお転婆は、いつでも命懸けなのだ。

妹を見ながら、しかし、父に心配する様子はなかった。妹は、そういう担当だったからかもしれない。父は、息子ばかりを案じて言った。

「なあ、フィン。よく覚えておけ。竜騎士になるために必要なのは、なにも己の飛竜ばかりではない。人間に恐ろしい誘惑をかける、あの大悪魔をも屠《ほふ》らねばならないのだぞ……」

その時だった。窓の外から、大きな音が響いた。妹が、やっぱり馬から落ちてしまったのだ。

「やっちゃったか、フィアめ！　……申し訳ございません、父上。無鉄砲な妹が落馬したようなので、行ってまいります」

父がなにか言いかけたようだったが、いくらお転婆でも、妹は女だ。せっかく唯一女らしさを備えたあの顔に、傷でもこさえたら目も当てられない。フィンは、急いで妹のもとへと走った。

（だけど、大悪魔か……）

おでこに大きなタンコブを作って、歯を食いしばって涙をこらえている妹を介抱しながら、フィンは父の言葉を思った。

「痛いか？」

「……痛くない」

「馬鹿。俺には嘘つくなよ、フィア。おまえ、小鳥を捕まえたかったんだろ？」

こくりと、妹が頷く。フィンは、妹の頭をぽんと撫《な》でた。

「どんなちっぽけな生き物だって、危機を前にすれば自分の魂《たましい》に見合った戦いをするもんさ。あの小鳥もそうだ。おまえも、あの小鳥の魂に敬意を払って、もっと頭を絞って頑張らなきゃな」

「うん……」

妹に微笑《ほほえ》みかけながらも、フィンの心は遠く空の彼方《かなた》にある夢をめぐっていた。

大悪魔と戦う。それがどれほど過酷で、しかし素晴らしい偉業であることを、帝政ドラゴニアの者ならば誰もが知っていた。

大悪魔が恐ろしいのは、ふいを衝かれたり、生態に関する情報が少ないせいだ。情報は、戦闘を制する。大悪魔についても、よく調べてしっかり準備すれば、いずれは戦えるようになるだろう。

……もちろん、父の思惑はわかる。一家の嫡男《ちゃくなん》であるフィンを、危険な目に遭《あ》わせたくないのだ。だって、フィンの双子の妹であるフィアは、じきに死ぬ運命にあるのだから。

しかし、フィンは、黙って過酷なグラウリース家の宿命に従うつもりはなかった。妹を守ってやるためには、もっともっと強くなるしかないことをフィンはしっかりと理解していた。

(俺は、きっと竜騎士になる。そして、可哀想《かわいそう》な妹を救うんだ。そのためには、単に下級悪魔退治をこなしているだけじゃ駄目だ。大悪魔についても、くわしく学んでおいた方がいいだろうな)

その頃から、フィンは、ロカ城の古い書斎へ足繁《しげ》く通うようになっていった。城の書斎で、大悪魔に関する古い文献をフィンが発見したのは、それからほどなくのことだった。

頁《ページ》をめくって、フィンは一人呟いた。

「……大悪魔、顔狩、か……」

……どうやら、いつの間にかうつらうつらとしてしまっていたようだ。

気がつけば、ひゅうひゅうと伐採小屋に吹きつける風の音《ね》を、フィンの耳は聞きつけていた。

（……兄上……？）

その風の音が、最初、フィンの耳には、兄が時折聞かせてくれたあの綺麗《きれい》な歌声に聞こえた。

（……いや、違う。これは、兄上の声じゃない）

すぐに目を瞬き、フィンは頭を振った。

そうだ。今夜は『大悪魔の血痕』のそばで、下級悪魔を待つためにこの小屋に泊まったのだった。ジルトは一睡もできなかったようで、手斧を抱きしめて震えていた。

「……ジルトさん。外で、馬が騒いでいるようですね」

「こ……、今夜は夜風が強いようですから、そのせいかも……」

ジルトが震え声でそう答えた、その瞬間だった。

悲鳴のような馬のいななきが響き、小屋の壁全体がガタガタと激しく震えた。まるで、巨人の両手に小屋ごと揺さぶられているようだった。ジルトは『ひっ』と悲鳴を上げ、手斧を取り落として、床にへばりついた。

「き、騎士様。これは、地鳴りでしょうか……?」

「静かに。そこを動かないでください。これはただの地鳴りではありませんよ」

耳を澄ませ、フィンは外の気配に意識を集中した。なにかが、ゆっくりとこの伐採小屋に近づいてくるようだった。嫌な気配だ。緊張に、フィンは体を固くした。

（足音……。……いや、これは、蹄《ひづめ》が地を踏む音だな。それも）

二頭だ。フィンは、伐採小屋の戸口をにらんだまま、ジルトに声をかけた。

「ジルトさん」

「はっ、はい……」

「確か、亡くなった方と乗っていった馬は、二頭でしたね」

「はい」

「なるほど……。どうやら、その馬たちが帰ってきたようですね」

もとが馬だったそれは、今は二匹の下級悪魔だ。

……やがて、不気味な蹄の音は、小屋の前で止まった。

さっきまで聞こえていた馬のいななきは、完全に途絶えていた。

ふいに、小屋の戸口がドンドンと叩かれた。

「!!」

フィンは、背中の竜骨剣を抜くと、伐採小屋の木戸を見つめた。

あの木戸の向こうに、確かに、……なにか、いる。

「——よぉ、ジルト兄貴ぃ」

粘りつくような声が、戸口の外から響いた。

ジルトは、ガタガタと震えている。そのジルトを、外の声が再び喚んだ。

「いるんだろ？　俺だよ、俺。……ロブだよ。さあ、ここを開けて、中へ入れてくれよ」

ジルトは、思わずといったように、フィンを見た。フィンは、目で、『ロブの声か』と尋ねた。ジルトは、震えながらもこくこくと頷いた。

戸口は、なおもドンドンとノックのように叩かれている。

「一緒にネブロスに呑みに行こうって言ってたのによ、置いて帰っちゃうなんて酷いじゃねえかよう」

かすかに笑いを含んだようなその声は、下級悪魔のそれだなどとはとても悟れないような、明るい口調だった。ちょっと茶化すような軽い恨み節にも聞こえる。まるで、ただの男同士の戯《ざ》れ言《ごと》だ。

だが、いかにも人間くさいあの声は――確かに下級悪魔のそれなのだ。

木戸の向こうの冗談めかした声は、さらに続いた。

「おいおい。さては、里の連中の冗談を真に受けてるんじゃねえだろうな？　ありゃ、兄貴を脅かそうと思って俺とみんなで仕組んだことなんだよ。ちょっと手ぇ込んでたし、びっくりしただろ。だけど、もう冗談も頃合いだ。ほら、早くここを開けてくれ」

「……」

「大丈夫だって。置いてかれたくらいで、そんなに怒りゃしねえよ。ガキじゃねえんだからさ。さあ、言ってた通り、ネブロスの酒場で一杯引っかけようぜ」

「……」

「うう、寒い。なんだってんだよなあ、夏だってのに、今夜は風が冷てえよ。なあ、兄貴。俺、震えちゃってんだよ。ここを開けて、中へ早く入れてくれよ」

「……」

「なんでいつまでも開けてくれないんだよ、ジルト兄ちゃん。ほら、昔はこうやって呼んでたよな？　日が暮れるまで泥だらけになって遊んで、親父によく怒られたよなあ……」

外の声は、延々と繰り言《くごと》を続けていた。まるで、魔術の呪文のように。

（……いや、これは本当に魔術だな。微弱だが、確かに禍々しい力を帯びている）

　フィンは、ジルトを横目に見た。あれだけ動揺していれば、こんなちゃちな魔術でも、惑わされて自ら下級悪魔を招き入れてしまうかもしれない。木戸を叩く音はだんだんと激しくなって、今は恐ろしいほどの勢いになっていた。

　しかし――、次の瞬間だった。

　ふいに、『ぎゃっ』と悲鳴が響いた。小屋の外からだった。

　いったい、なにが起こったのだろうか。掻《か》き消えるように、禍々しい気配は一瞬にして去ってしまった。伐採小屋の外には、再び水を打ったような静寂が戻っていた。

（逃げた……？）

　眉をひそめ、フィンはジルトに言った。

「……ジルトさん。今の悲鳴は、ロブさんの声でしたよね」

　だが、ジルトからは答えがない。

　ジルトは、焦点の合わない目で、ただただ一心に戸口を見つめていた。

「うっ、うっ、うっ……。ロブ、ロブぅ、おまえ、死んじまったんだよぉ……。俺だけ逃げて悪かったよ。頼むよぉ、俺を許してくれよぉ……」

　ジルトは、めそめそと泣き出してしまった。今にも壊れてしまいそうなその様子に、フィンは顔をしかめた。早く下級悪魔を狩らねば、この男の心が持たない。

泣いているジルトを置いて、フィンは思いきって伐採小屋を飛び出した。

外に出てみると、もうさっきまでの大風はどこかに失せ、穏やかな黒峰川のせせらぎが聞こえていた。夜空を見上げれば、薄雲の向こうに月光が透けて見える。

フィンが乗ってきた馬は、生きていた。だが、恐怖に怯え、玉のような汗が毛の上にまで浮いている。フィンの姿を見て安心したのか、馬は水桶に鼻面を突っ込んだ。

馬を撫でてねぎらったあとで、フィンは大地に手を当て、下級悪魔たちの残した足跡を観察した。

来る時は馬の下級悪魔の蹄跡《ていせき》がまっすぐに伐採小屋へ向かっているのに、帰りは、あのロブは馬には乗らなかったらしい。蹄跡に交じって、人の足跡があちこちに散っている。

それに、あの悲鳴。

(……誰かが、下級悪魔に攻撃した？　だから、ジルトを襲わずに逃げたのか)

では、やっぱりヴァルが思い直して、救援に来てくれたのだろうか。それとも……。

大振りの竜骨剣は、駆ける時には邪魔になる。竜骨剣を背中の鞘にしまって、フィンは、危険の去った伐採小屋を背に、森の中を走り出した。

第三章　小さな魔術屋

（聞こえた！　足音だ！）

逃げるような足音を聞きつけ、フィンは走る方向を変えた。耳を澄ませ、フィンは黒峰《くろみね》川へ向かう足音を追った。

だが、砂利《じゃり》だらけの川辺に入った途端だった。ふいに、ひゅっと音が響いた。風を切る気配。背筋がぞっと凍《こお》った。

（……弓か!?）

考えるより先に、フィンは体を翻《ひるがえ》して伏せていた。そのすぐそばを、空気を切り裂くように鋭いなにかが通過していく。地面に突き刺さったそれを見て、フィンは息を呑《の》んだ。

（いや、違う。……これは弓矢じゃない）

弓から放たれた矢にしては、ずいぶん小さい。おそらく、これは吹き矢だ。見れば、矢の先は黒ずんでいる。どうやら、毒が仕込まれているようだ。

すると、放たれた吹き矢を追いかけるように、茂みから勢いよく誰かが飛び出してきた。

（下級悪魔め、来たか！）

それは、人の姿をしていた。けれど、遠目だからか、その人影はかなり小柄に見えた。

こちらの位置を確認すると、人影は腕を振ってなにかを投げつけてきた。ブウンと、蜂《はち》の唸《うな》るような音が響く。

「！」

フィンはすぐに竜骨剣《りゅうこつけん》を抜き、敵の攻撃を受けた。重みのあるなにかを弾《はじ》き、竜骨剣の刃から火花が散る。放たれたその弾丸のようなものを叩き落としてから、フィンは息を呑んだ。

（……今度はなんだ!?　これは……、石つぶて!?　投石器!?）

石つぶての攻撃は、間断なく続いた。吹き矢と違って、投石器の弾《たま》はそこらに落ちている石ころだ。いくらでも補充可能だ。

フィンは小さく舌打ちした。

（発射台を叩かなければ、らちが明かないな）

そう腹を決めると、フィンは川辺に落ちた石つぶてをさっと拾った。そして、お返しとばかりに相手に投げつけた。

「痛《た》っ！」

放った石つぶては見事に命中し、敵は短い声を上げて地面に転がった。とどめを刺そうと、フィンは倒れた敵へと駆け寄った。

しかし、走るフィンの目が捉《とら》えたのは、――自分よりさらに幼い、小さな子供の姿だった。

（……下級悪魔⁉　いや、子供⁉）

フィンが浄化する前に『大悪魔の血痕《けっこん》』の瘴気《しょうき》を浴びてしまった、このあたりに住む子供か。……それとも、人間の振りをした下級悪魔か。

そう思っている間に、フィンはさらに度肝《どぎも》を抜かれる羽目《はめ》となった。地面に転がったその子供が、起き上がって吹き矢を構えたのだ。

――人間か、下級悪魔か。

（……いや、駄目だ。万が一にも人間の子供なら、斬るわけにはいかない！）

迷いながらも、フィンは、ギリギリで相手に対する攻撃の手を止めた。その拍子に砂利に足を取られ、今度はフィンがすっ転んだ。

だが、向こうは止まらなかった。倒れたフィンの腕を、相手の放った吹き矢がかすする。

「っ……！」

鋭い痛みが腕に走る。すぐさま起き上がったのだが、腕に刺すような毒の痛みが走り、フィンはがっくりと膝《ひざ》を落とした。激しく息を切らせたまま、フィンはその子供とにらみ合った。

互いに獣《けもの》のような低い姿勢を取っていたが、やがて雲が切れ、一筋の月光が差し込んだ。月光を頼りに目を凝《こ》らし、フィンは相手の姿をよく見た。

（……やっぱり、子供、か……）

フィンと向かい合っていたのは、着古した外套《がいとう》にいっぱいの枯れ葉や枯れ草を貼りつけた、風変わりな男の子だった。

驚いているフィンの耳に、少年特有の少し甲高いような声が飛び込んできた。

「……あれ？　あなた、もしかして、人間？」

「ああ、ほんとに驚いた。だけど、たまたま解毒薬を持ってる毒を使っててよかったよ」

そう言うと、フィンより頭一つ分背の小さなその少年は、フィンの腕に走る傷の手当てを始めた。

「ちょっと痛いよ」

少年は、手際よく起こした火で炙《あぶ》った小刀でフィンの傷口を切り、毒の混じった血を絞り出した。

「痛っ……！」

「大丈夫？　もう少しだから、頑張って」

案ずるように首を傾《かし》げ、少年は、今度はどこからか取り出した茶色い粉薬を口に含んだ。

そして、なにやらブツブツと呪文を唱えてからペッと吐き出すと、傷口に塗り込んだ。

医術者の技に魔術を織り込んで行う解毒法を見て、フィンは目をぱちくりとさせた。

「きみって……、もしかして魔術屋？」

「まあね。まだ半人前だけど」

「ってことは、きみには師がいるの？」

「そうだよ。最初の師匠は僕のお母さんだったんだけど、もう死んじゃった。今は二番目の師匠と見込んだ人に逃げられて、追いかけてるとこなの。二番目の師匠は凄《すご》く頑固な人だから、なかなか僕のことを弟子《でし》と認めてくれなくって……。……さあ、これでもう大丈夫だよ」

「ありがとう。お代はいくら？」

「そんなのもらえないよ。だって、僕がやっちゃった傷だもんね」

そう言って、あっさりと少年は首を振った。どうやら、悪い人間ではないらしい。

「助かるよ。わたし、あんまりお金持ってないんだ。ねえ、きみの名前は？」

「ヒュー」

そう名乗った少年を、フィンはまじまじと眺めた。

ヒューの髪は、銀色と褐色《かっしょく》がところどころ交ざって、まるで雪を被った初秋の竜《りゅう》ノ巣《す》山脈みたいだった。ちらりと見える瞳は綺麗《きれい》な琥珀《こはく》色で、素朴《そぼく》だが、どこか不思議な光を宿している。

柔らかだがどこか鋭さのあるその顔立ちを眺め、フィンは首を傾げた。

なぜだろう。ヒューの幼い容貌《ようぼう》が、不思議に懐かしく感じるのだ。

（この顔……。どこかで見たことがある……？）

でも、それがいつどこだったのか、すぐには思い出せなかった。そのフィンに、今度はヒューが訊《き》いた。

「あなたの名前は？」

「フィンだよ」

するとヒューはきょとんとした。

「……フィン？　それ、本当の名前？」

「えっ？」

虚を衝《つ》かれたフィンを、ヒューのキラキラと光る琥珀色の瞳がじっと見つめた。

「おかしいな、僕の気のせいかな。なんだか、あなたとあなたの名前、ちょっとちぐはぐっていうか、合ってないように感じたんだ」

「……」

幼い魔術屋に偽名の図星を指され、フィンは内心で舌を巻いた。なんて勘の鋭い子だろう。それとも、魔術屋というのはこういうものなのだろうか？

「僕の勘違いかな……」

独り言のように呟《つぶや》いてから、ヒューはふと懐《ふところ》から投石器を取り出した。

「それって……。さっき使ってたもの？」

「投石器だよ。転んだ時に、ちょっとほつれちゃったみたいなんだ。いつなにがあるかわからないから、ちゃんと手入れしとかないとね」

ついさっきフィンを鋭く攻撃したその原始的な武器を、ヒューが繕《つくろ》い始めた。その様子を、フィンはものめずらしく観察した。

投石器の構造は単純で、両端にフィンの竜骨剣と同じくらいの長さの毛糸の紐《ひも》を備え、中央には石を引っかけるための幅が広い膨らみがあった。その膨らみの部分は、毛糸で織られた生地でできていて、獣の皮革でしっかりと補強されている。

その素材の特徴に気がついて、フィンは目を丸くした。

「……それって、もしかして、灰色山羊《やぎ》の毛と革？」

「そうだよ。灰色山羊の毛から編んだ毛糸は丈夫で長持ちするからね。革も強いし、投石器作りによく使うんだ。滅多に市場には出まわらないけど、安いし。……あれ？　もしかして、灰色山羊は闇《やみ》の生き物だなんていう迷信を気にしてるの？」

「う、ううん」

フィンはあわてて首を振った。

「そんな迷信、信じるわけないよ。だってわたしは灰色山羊と一緒に育ってきたんだもの」

「ってことは、あなたは竜ノ巣山脈から来たの？」

「そうだよ」

「ふーん。フィンは山育ちなんだね。じゃ、僕と一緒だ」

ヒューは、微笑《ほほえ》んで頷《うなず》いた。フィンは、あらためてヒューの顔を見つめた。

（……そっか。この子って……）

なぜだかわからないが、ヒューは、どこか灰色山羊を思わせる風貌《ふうぼう》をしているのだ。だから、フィンはヒューを見て、胸が疼《うず》くような懐かしさを感じたのだ。

ヒューが着ている奇妙な外套にたっぷりくっついている枯れ草は、すべて薬草や香草のようで、乾燥していてもふんわりといい香りが漂っていた。ヒューが動くたび、優しい香りがフィンの鼻をくすぐった。

「その外套、いい匂いがするね」

フィンが言ってみると、ヒューは嬉《うれ》しそうに答えた。

「本当？　あのね、これは僕のお母さんからもらったものなんだ」

「お母さんって、きみの最初の師匠だった？」

「そう。この外套に貼りつけてある薬草は、みんなお母さんが選んだんだ。凄く役に立つ薬草ばかりなんだよ。この緑のが傷の消毒に使う薬草で、こっちの黄色っぽいのは眠りを促《うなが》す薬草。それから、後ろの赤っぽいやつはなんの料理に入れても美味《おい》しくなる香草だよ。この外套を頭から被れば、まるで木の瘤《こぶ》みたいに見えて隠れることもできる。お母さんが病気で死ぬ前に、僕のために繕ってくれたんだ」

　自慢するようにそう語ってから、ヒューはフィンを見返した。

「ねえフィン。あなたは竜ノ巣山脈生まれなのに、こんなところでいったいなにをしてたの？」

「わたし、今は旅の騎士をしているんだよ。だから、離れ里レプスの人たちから頼まれて、下級悪魔を追いかけてたんだ。もしかして、きみも？」

「ううん。あいつら、魔術屋に偏見持ってるみたいで、すぐに追い出されちゃった」

「なのに、下級悪魔を？」

「師匠も奴を追ってるのかなと思ったから。僕がこっそり先に退治しておいてあげたら、師匠も喜んでくれるかもって考えて……」

「ヒューの師匠？」

フィンは、首を傾げた。離れ里レプスでは、それらしき人物の噂《うわさ》は聞かなかった。ヒューは、こう続けた。

「だからね、僕、この『大悪魔の血痕』跡のそばで下級悪魔を待ち伏せしてたんだ。ほら、こういうところって、炎で燃やして浄化しても、すぐには瘴気《しょうき》の残り香は取れないでしょう。だから、下級悪魔だとか、獣たちが惹《ひ》かれて集まってくるんだ」

「へえ。小さいのによく知ってるんだなあ、ヒューは。だけど、報酬《ほうしゅう》の当てもなく魔術屋が、下級悪魔退治に挑むなんてことあるんだね」

思わず感心して、フィンはそう呟いた。

市井《しせい》の魔術屋というのは、がめつくて気まぐれなものだ。それなりの報酬と敬意を献上しなければ、困っている人々の願いを聞き入れたりはしないし、そもそも詐欺《さぎ》師まがいみたいな連中も多い。

けれど、魔術屋が人々に疎《うと》まれるもっと大きな理由は、他にあった。

魔術屋は、大悪魔と通じやすい性質を持っているのだ。

高名な――過去には大魔術師、大魔道師と称えられた賢者たちが、恐ろしい大悪魔をこの世に喚《よ》び寄せた例は、枚挙にいとまがなかった。大悪魔は、彼ら賢者の『もっと知りたい』という無邪気な探究心に、深くつけ込む。そして、大悪魔自身もまた、善悪を判断しない。その共通点が、人々を怖《おそ》れさせ、魔術屋を疎む空気になっていったのだ。

だから、市井では魔術の体系化も行われておらず、口伝《くでん》によって魔術屋間で術が伝えられるばかりだった。魔術屋たちは、世間では怪しげな辻立《つじだ》ちの道化と大差ない扱いを受けている。

するると、小さな魔術屋が肩をすくめた。

「だって、師匠に認めてもらうためだもん。だけど、せっかくあの小屋のところで下級悪魔をふい打ちできたのに、逃げられちゃった」

「それじゃ、さっきあの下級悪魔を攻撃したのは、やっぱりきみだったんだね」

伐採小屋の前での出来事を思い出し、フィンはそう合点《がてん》した。

だが、悠長に話していられたのは、そこまでだった。

あたりの空気が、ふいに一変したのだ。


すぐさま身構え、フィンは、背中の鞘《さや》から竜骨剣を抜いた。

「……どうやら、奴らが戻ってきたみたいだね」

「う、うん……」

フィンたちを囲う猛烈な殺気に、ヒューは怯《おび》えたように小さくなった。

魔術屋というのは、ふい打ちや待ち伏せなどの戦法を得意としている。だから、ヒューもさっきフィンを襲った時には、姿を隠してまず吹き矢を使ったのだ。この小さな体で下級悪魔の攻撃を真っ向から受けたら、ひとたまりもあるまい。

怯えているヒューに、フィンは言った。

「わたし一人で大丈夫だから。無理しないで、きみは隠れてて」

「フィン、ご、ごめんね……」

ヒューは素直に頷き、急いで川辺の岩陰《かげ》に隠れた。それと同時に、茂みがガサガサと物音を立てて、下級悪魔たちが現れた。

馬の姿をした下級悪魔だった。

それも二匹。

しかし、肝心の、下級悪魔となったジルトの弟の姿はなかった。

（どこかに、隠れている……？）

しかし、それ以上考える間もなく、すぐさま二匹の下級悪魔がフィンに襲いかかってきた。

躍《おど》るように跳びかかってきた下級悪魔の首を、フィンは一撃のもとに斬り伏せた。だが、その直後、崩れ落ちたその下級悪魔を押しのけて、次の一匹が前に出てきた。

「くっ！」

敵の勢いに、思わずフィンは怯《ひる》んだ。下級悪魔の巨大な体軀《たいく》に圧《お》されながらも、なんとか踏みとどまる。だが、力が強い。敵と揉《も》み合っているフィンに、小さな声がかかった。

「そっ、そのまま動かないで、フィン！」

ヒューだ。なんとかフィンを手伝おうというのか、ヒューは、岩陰から毒の吹き矢を放った。

毒矢は、見事に下級悪魔の眉間《みけん》に当たった。馬の下級悪魔は、ブルブルと激しく鼻面《はなづら》を持ち上げ、悲鳴を上げた。毒を受けた衝撃に、下級悪魔は地面に倒れ込んだ。危うく巻き込まれかけ、フィンは急いで飛びのいた。

「……大丈夫⁉　フィン」

ヒューが、こちらに駆け出してこようとしていた。……しかし、異変に気がつき、フィンは叫んだ。

「――ヒュー、まだ出てきちゃ駄目だ！」

ヒューが息を呑んだのが、遠目からでもわかった。川下から、ふいにジルトの弟の下級悪魔が、変わり果てたその姿を現したのだ。それも、ヒューの立っている岩のすぐそばに。

――やはり、取り逃がした兄を手にかけるために、奴は帰ってきたのだ。

下級悪魔と化した屍人《しかばねびと》が、ヒューのそばへとにじり寄っていく。

「……あ、兄貴は、どこだ……」

まだ生きているかのような声で、屍人が囁《ささや》いた。

伐採小屋のそばでヒューの攻撃を受け、弱っているのだろうか。夏の熱気で腐りかけた体をズルズルと引きずり、屍人が恨みを込めたような濁った目でヒューを見つめた。

「……ジルト兄貴が、俺を助けてくれるんだ。あ、兄貴が、俺を見捨てるはずないんだ」

呪いの言葉のような声が、川沿いに響く。

フィンは、竜骨剣をぎゅっと握り直した。

張り詰めた空気の中、フィンはじっと隙《すき》を窺《うかが》っていた。ヒューもまた、凍ったように固まったまま、屍人を見つめている。

「お、おい……。だ、黙ってないで、なんとか言えよぉ！」

屍人の下級悪魔が発する声は哀《あわ》れっぽく、どこか子供のようだった。だが、その指先の爪は鋭く、並んだ歯も巨大な牙のようになって、小さな魔術屋を狙っていた。恐ろしい気配が、ますます強まっていく。

「兄貴は、あいつは、俺を一人になんてしておける奴じゃないんだ。おまえらが、兄貴をたぶらかしたんだろう。あ、あ、あ、兄貴はどこだよう……」

すると、怯えて固まっているだけだったはずのヒューが、おずおずとした声を放った。

「……ねえ、あなた。こんなことしちゃ、駄目だよ」

その声に、フィンは目を見開いた。

そして、さっきまで怯えて震えていたはずの幼い魔術屋をじっと見つめた。

(……なにを、する気だろう)

ヒューは、フィンの存在など忘れたように、屍人の下級悪魔に囁きかけた。

「いいかい、よく聴いて。――もう、これ以上大事な人を殺しちゃいけない。どう足掻《あが》いたって無駄なんだ。だって、あなたはもう死んでしまったんだから……」

静かな響きを持ったその言葉は、呪文ではなかった。けれど、確かに魔術屋の行使する魔術だった。

「……」

人の世界と、闇の世界との狭間を歩く小さな魔術屋は、悲しげに屍人の下級悪魔を見つめていた。

「僕は魔術屋だ。僕の言葉をよく考えて。あなたは、もう、人間じゃないんだ。勇気を出して、そのことを、きちんと受け入れるんだよ」

フィンは、息を詰めて自分よりも幼い魔術屋を一心に見つめた。この子供が行おうとしている魔術がどんなものなのかを悟り、フィンは小さく囁いた。

「……その屍人の名前はロブっていうんだ、ヒュー」

フィンの声が耳に届いたのか、ヒューはこくりと頷き、続けた。

「さあ、ロブ。どんなに苦しくても、現実をちゃんと受け入れなきゃいけないよ。大事な人がいるなら、その人たちをこれ以上悲しませちゃ駄目だ。あなたの生は終わったんだ。諦《あきら》めて、その瘴気に汚されてしまった体を手放すんだよ。そして、あなた自身を、その死んだ体から解放してあげて。ね、ロブ。いい子だから……」

ヒューの幼い声が空気を震わせ、屍人の下級悪魔にまで届く。屍人の目からは、ぼろぼろと涙のような体液が零《こぼ》れた。屍人の禍々《まがまが》しい体から、細かな白い光の粒が滲《にじ》み出していく。フィンは、目を凝らして、かすかな光をもっとよく見ようとした。

（あれは……、……四花雨《しのはなさめ》？）

屍人の瘴気に満ちた体が、ゆっくりと崩壊を始めた。腐れかけた肉が落ち、二度目の死が彼の間際に迫っていく――。

しかし、その直後だった。

ガサガサと茂みを鳴らす音が響いてきた。——それは、ジルトだった。

「ロ、ロブ……。いるのか……？」

伐採小屋から勇気を奮《ふる》って出てきたらしいジルトが、森を掻き分けて姿を現したのだ。

その瞬間だった。

屍人のまとっていた終わりの輝きは一瞬にして失せ、代わりに、凄《すさ》まじい殺気が再びあたりに満ちた。

「ジ、ジ、ジルト兄ちゃんだ！」

屍人は、恐ろしいほどの歓喜に満ちた声を上げた。

「や、やっと来てくれたんだ。助けて……！　こ、こいつらが、こいつらが、へんなことをいっておれをいじめるんだ！」

まるで子供に戻ったかのように、屍人は兄に縋《すが》りつこうとした。けれど、懇願するような声とは裏腹に、屍人の体からはおぞましいほどの殺意があふれ出していく。

「ジルトにいちゃん、おれ、おれ、ひとりじゃいやだよう。た、た、たすけてくれよう！」

兄の温《ぬく》もりを求めて、屍人がそのそばへとにじり寄った。怖気《おじけ》づいたジルトが後ずさり、尻餅《もち》をつく。そのジルトに、屍人が両腕を広げた。まるで、寂しさのあまり、兄を抱きしめようとするかのように。

「ジルトにいちゃん……！」

「ロブ！　お、俺は、俺は……！」

ほだされるように、尻餅をついたまま、ジルトが弟へ手を伸ばそうとする。屍人のむせび泣く声は一層高くなった。

「ジルトにいちゃん。さびしい。ジルトにいちゃん。たすけて。ジルトにいちゃん。いっしょに……！」

繰《く》り言《ごと》のように、屍人は暗闇の底から血を分けた兄弟を喚んだ。

もうわずかの猶予《ゆうよ》もなかった。フィンは叫んだ。

「よせ、ロブ！　その人を殺すな！」

フィンは駆け出し、竜骨剣を稲妻《いなずま》のように素早く走らせた。竜骨剣の刃が、屍人の下級悪魔の首を攫《さら》う。ぱっと飛んだ首を目で追って、ジルトが呆《ほう》けたように屍人の名を呼んだ。

「ロ、ロブ――」

首を落とされた屍人は、一歩、二歩と兄のもとへと進み、そこで地面に崩れ落ちた。

ごぼごぼと血を噴き出して痙攣《けいれん》する弟を見て、ジルトは、岩のように固まっていた。

ほんのわずかな差が二人の運命を大きく分け、今は兄弟の一方は生き、もう一方は死んだ。まだ信じられないといった顔で、ジルトが叫んだ。

「ああ、本当に死んじまった。ロブ、ロブ、ロブぅ……！」

死んでしまった弟の名を激しく呼び、ジルトが下級悪魔の屍骸《しがい》に縋りつこうとした。それを、ヒューの声が止める。

「駄目だよ、おじさん！」

びくっとしたように、ジルトが伸ばした手を止めた。そのジルトに、ヒューが続けた。

「あなたまで下級悪魔になりたくなかったら、触っちゃ駄目。瘴気に汚された屍骸は、燃やすしかないんだ。あなたはその人から離れなきゃいけないんだよ。一緒に闇へ引きずられたくなければね。ね、お願いだから、こういう汚れ仕事は魔術屋の僕に任せて」

「……」

ジルトはまだ呆然《ぼうぜん》としたまま、死んだ弟を眺めていた。そのジルトに、フィンもこう言った。

「……ジルトさん。彼の言う通りです。下級悪魔たちは、わたしたちが浄化します。どうか、あなたは離れた場所で休んでいてください」

燃え上がる炎が、パチパチと音を立てている。フィンとヒューは、静かに朝を待っていた。ジルトは、膝の間に顔を埋《うず》めたまま、さっきから動かない。

「――ねえ、ヒュー。死んでしまった魂《たましい》は、どこへ行くのかな」

フィンは、ふとヒューにそう尋《たず》ねた。ヒューは、少し考えるように首を傾げた。

「わからない。僕ら魔術屋は、それを探す旅をしているとも言えるんだけど」

「そうなの？」

「うん。命は、なんのために生まれて、なんのために死ぬのか。僕は、それが知りたくて、魔術屋を志《こころざ》したんだよ」

「ふうん……」

下級悪魔を斬るという実際的な目的を持って生きる騎士とは、ずいぶんと違う生き方だ。

するとヒューは寂しげに続けた。

「僕、お母さんが今どこにいて、なにを思って、どこを歩いているのかを知りたかったんだ。お母さんはとても強い魔術屋だったけど、いつもなにかと戦っているみたいに、苦しさに耐えているようだったから。今は、ちょっとは楽になれたのかなって」

「……答えは、出た？」

「わからない。僕は、まだ半人前だから……」

悲しそうに首を振ると、ヒューは立ち上がって炎に新たな薪《まき》をくべた。

明け方近くまでかかって下級悪魔の屍骸を浄化の炎で燃やし終わると、フィンたちは離れ里レプスへと戻った。

……だが、下級悪魔を退治したフィンが戻ったというのに、誰もねぎらいにやってくる者はいなかった。ジルトさえも、フィンたちを避けるようにそそくさと里の中へ入ってしまった。

声もかけられなかったフィンは、魔術屋であるヒューも一緒にいる手前、里には入ることはできなかった。

(仕方ないのかな……)

下級悪魔の襲撃があったばかりだ。いくらフィンがいるとはいえ、離れ里レプスから出るのは恐ろしいだろう。

すると、太陽がすっかり大地から顔を出した頃になって、里の人々を代表するように、ジルトがおそるおそる離れ里レプスから出てきた。

彼の言葉は、予想外のものだった。

「……あの、申し訳ありませんが、騎士様。もう夜も明けたことですし、そろそろこの里から去っていただけませんか」

「え……、あ、あの……」

ジルトは、フィンたちの目を見ようともしなかった。ジルトは、膝をついて顔を伏せ、今にも額を地面に擦《こす》りつけかねない勢いだ。

「里の者に確認したところ、ようやく今度の事件についてネブロス騎士団と連絡がついたようです。じきに、ネブロス騎士団の方々もやってくるでしょう。お連れの方は、先にネブロスへ戻られたようです。すでに彼に報酬はお渡ししてあるとのことですから、どうかお願いします」

そう言って、ジルトはさらに平身低頭した。フィンは、救ったはずのジルトを見つめて、固まってしまった。態度は慇懃《いんぎん》だが、確実にこちらを拒絶している。

「失礼を申していることも、騎士様が命を懸けて戦ってくださったこともわかっています。ですが、我らの里には、これ以上の報酬をお渡しする余裕はございません」

「わ、わたしは、そんなつもりじゃ」

「どうか、ご理解ください。あなたに弟を殺すよう頼んだのは俺です。ですが、ですが……。あの時あなたに首を刎《は》ねられた弟の顔が、目に焼きついて離れないのです」

悲しげなジルトの口調に責めるような調子が混ざり、フィンは、彼の——いや、この離れ里レプスから感じる空気の正体を知った。

（そうか……）

彼らは、感謝し、苦しみながら、恨んでいるのだ。無情にも親しい仲間を斬った、よそ者を。

下級悪魔になった以上、それがどれほど大切な人間でも、殺さなければならない。仕方のないことだとわかっていたとしても、悲しみと痛みは残る。それは、やり場のない痛烈な苦しみだった。

「申し訳ありません。ですが、里の者たちも今はまだ酷《ひど》く混乱しているのです。失ったものが多すぎました。どうかわかってください」

里長《さとおさ》の血筋の者らしく、ジルトは他の者が口にしにくいことをフィンにそう伝えた。

それを見ていたヒューが、フィンを守るように、小さな体で立ちはだかった。

「ま……、待ってよ。なんでこの人にそんなこと言うの。フィンがあの下級悪魔を斬らなかったら、どうなってたと思うのさ」

か細い声で、ヒューは言った。

すると、里の中から様子をうかがっていた誰かが吐き捨てた。

「……黙れ、なにも知らない魔術屋のガキめ」

「おまえのようなよそ者に、なにがわかるというのだ」

「ロブは、ロブの奴は、俺たちにとっては下級悪魔なんかじゃない。里の仲間だったんだ」

里の大人たちから罵声《ばせい》を浴びながらも、負けじとヒューは彼らをにらみ返した。

「そ、そんなことはわかってる！　だけど、おかしいよ、こんなの。この人は僕みたいな魔術屋とは違う。フィンは、命を懸けて戦ったんだ。この人は、この人は……！」

まだ幼いヒューの声が、震えながら、それでも消え入ることなく続く。フィンは、ヒューの肩に手を置いて、首を振った。

「……いいんだ、ヒュー。ありがとう。……ジルトさん、あなたの言う通りです。我々の仕事はもう終わりました。体も休まりましたし、すぐにこの里を去ります」

フィンがそう言ったのを見て、離れ里レプスの人々に、芯からほっとしたような空気が広がった。

そのことが、なにより悲しかった。

「……酷い目に遭《あ》ったね。僕は慣れてるからいいけど、あなたはつらかったでしょう」

逃げるように離れ里レプスを出て、街道に入ったところで、ポツリとヒューがそう零した。もう、遠目に交易都市ネブロスが見えている。

唇を尖らせ、ヒューは続けた。

「あの人たちは自分ではほとんど戦うことがないから、わからないんだよ。下級悪魔と戦うのがどれだけ怖いのかってことがさ」

「だから、さっきあんな風に怒ってくれたの？」

「え？」

「本当は、里の大人たちが怖かったんでしょう？　なのに、わたしのために怒ってくれてありがとう。嬉しかったよ」

フィンがそう微笑むと、ヒューは頰《ほお》に朱を散らした。

「ぼ……、僕、臆病で卑怯《ひきよう》者だから……。けど、あなたはずっと、僕みたいな得体の知れない魔術屋のことを心配してくれたでしょう。そんなことって初めてだったから、嬉しくて……。半人前の魔術屋なんかにこんなことを言われて、迷惑じゃないといいんだけど」

「迷惑だなんて、思わないよ」

「本当？　それじゃ、僕も本当にあなたと一緒に行っていいの？」

「うん」

「よかった。僕の師匠って、逃げ足が速いんだ。もうとっくにあの離れ里からは師匠の匂いがなくなってた。だから、行く当てもなくなっちゃって……」

　まるで犬みたいなことを言って、ヒューは小さな鼻をすんすん鳴らしている。フィンは微笑んで答えた。

「わたしの先生は、きっとネブロスの酒場にいると思うんだ。なにせお酒が大好きだから」

「それじゃ、僕の師匠と同じだね。僕の師匠も、お酒が凄く好きなんだよ」

「へえ」

　ヒューに相槌《あいづち》を打って、ふと、フィンは足を止めた。城門に続く道に、近隣の里の人間や旅の隊商たちが並んでいるのだ。どうやら、交易都市ネブロスの城門で、検問が行われているらしい。

「どうしたの？　フィン」

「どうも、この間来た時とは様子が違ってるみたいだ。前は、こんなに城門での警戒は強くなかったはずなのに」

「そういえば、あの里の人が、下級悪魔の件を連絡したって言ってたね」

　ヒューは頷き、それから続けた。

「それじゃ、魔術屋の僕が一緒じゃ町の中には入れないかもしれないな。……フィン、ちょっと待っててくれる？　僕、姿変え術を使うから」

「え?」

フィンが目を瞬《またた》くと、ヒューは、さっとかがんでフィンの外套の中に身を隠した。けれど、フィンだってそう背が高いわけではない。そんなところに入ったって、隠れられるはずもなかった。すると、ヒューはなにか呪文を唱え、あっという間にふさふさの尻尾を持つ小栗鼠《りす》に姿を変えてしまった。

「ヒュー、きみ……」

生まれて初めて姿変え術を目にしたフィンは、目を丸くした。なんとたくみな魔術だろう。

小栗鼠になったヒューは、するすると外套の下でフィンの体を登って、肩に腰を落ち着けた。城門に並ぶ列の最後尾につけたフィンたちの様子に、気づく者は誰もいなかった。

素知らぬ顔でヒューが化けた小栗鼠を肩に乗せ、フィンは交易都市ネブロスの城門をくぐった。

「とりあえず、前にネブロスに来た時に先生と行った酒場に向かうよ」

肩にそう話しかけると、小栗鼠が小首を傾げて応じた。どうやら、小栗鼠の喉《のど》では喋《しゃべ》ることはできないらしい。つぶらな瞳が、宝石のようにキラキラと輝いている。

なんだか、本当にこの小さな生き物をフィンが飼っているみたいだ。小栗鼠を肩に乗せたまま大通りを歩いて、フィンは、前にヴァルと行ったあの酒場へ入った。

その途端だった。ふいに、小栗鼠がフィンの肩からさっと飛び降りた。

「……えっ、ヒュー？　ちょっと待って！」

あわてて止めようと声を上げたのだが、ヒューは構わず走り出してしまった。ヒューは、無我夢中で床を駆け、一目散に一人で呑んでいるヴァルのもとへと向かった。

呪文を唱え、むくむくと雲のように小さな体を膨らませると、ヒューはあっという間に人間の姿に戻った。

「ヴァルじゃないか！　僕、ずっと探していたんだよ！」

「ん……？　おまえ……、ヒューか？」

小柄なヒューに跳びつかれ、ヴァルは、酒に翳《かす》んだ目を丸くした。驚いたように目を瞬いているヴァルを見て、ヒューは嬉しそうな声を上げた。

「そうだよ。僕、ずっとあなたを追いかけていたんだよ。ああ、会えてよかった」

声変わりもまだ迎えていない幼い声が、酒場に響き渡る。

二人は知り合いだったのか――と思う間もなく、酒場の空気が一変した。

酒場の客たちは、怯えと疑いの目で、ヒューをにらんだ。

「そのガキ……。今、変身しやがった！」

「魔術屋か？」

「離れ里レプスで、下級悪魔が現れたばかりだぜ。まさか、そのガキが招き寄せたんじゃないだろうな……！」

ざわざわとした疑惑が、無邪気なヒューに一挙に集まる。

目を上げると、ヴァルがやれやれとばかりに眉間に手を当てるところだった。


離れ里レプスから下級悪魔が現れたという一報が届いていた交易都市ネブロスでは、警戒が強まっていた。竜骨剣の威光もおよばず、胡散《うさん》臭い外套を着込んだ怪しい風体《ふうてい》の『魔術屋一行』であるフィンたちは、酒場の者たちによってあっさりと摘《つま》み出されてしまった。

ついでに交易都市ネブロスまで追い出され、三人は野営できる場所を探して、街道から離れた夕暮れの森をとぼとぼと歩いた。

「……まったく、おまえのおかげでさんざんだぜ。いつまで俺につきまとう気だ？　魔術屋のガキめ」

そう言って、ヴァルが、ヒューの小さな額を小突いた。まるで飼い主に懐く子犬のように、ヒューは嬉しそうに微笑んだ。

「だって僕、あなたの役に立ちたいんだもん」

「おまえがいると、ドーラが嫌がるんだよ」

「まだあんなお婆ちゃんの飛竜《ひりゅう》と一緒にいるの？　さっさと別れちゃえばいいじゃない」

「そういうわけにはいかない。ドーラは、俺の相棒だ」

慣れたようにヒューとやり取りしているヴァルを見て、フィンは目を丸くした。

「驚きました。二人は知り合いだったんですね」

すると、こともなげにヒューが頷いた。

「そうだよ。だって、ヴァルは僕の師匠だもの。僕、ずっとヴァルの匂いを追いかけて、あの離れ里にたどり着いたんだ」

「え……？　それじゃ、きみもヴァル先生の……？」

驚いて声を上げたフィンを見て、今度はヒューが目を丸くした。

「ヴァル『先生』？」

かすかに小首を傾げたあとで、ヒューはパッと笑顔になった。

「あっ、そうか。それじゃ、フィンの師匠もヴァルなんだね。なら、僕らは兄弟弟子《でし》だ！

フィンと一緒にヴァルの弟子になれるなんて、僕、嬉しいなあ」

フィンの手を取って飛び跳ねているヒューに、ヴァルが口を挟んだ。

「待てよ、ヒュー。俺は剣を使わないおまえを弟子に取ったつもりはないぜ」

「ヴァル先生の言う通りだよ、ヒュー。きみは知っているの？　ヴァル先生は、魔術屋じゃなくて竜騎士なんだよ」

フィンがそう言うと、ヒューは無邪気な顔で微笑んだ。

「もちろん知ってるよ。だけどね、フィン。ヴァルは、魔術もとっても上手なんだよ。ヴァルの魔術は一級品だもの。僕の師匠に相応《ふさわ》しい人だよ」


その夜は、風がなかった。

真夏のうだるような空気が淀《よど》んで、ますます暑く感じられた。だから、交易都市ネブロスのそばを流れる黒峰川沿いに出ると、清涼なせせらぎに一気に胸が和《やわ》らいだ。

「フィン、ヴァル！　僕、食べられる野草を探してくるね」

そう言って森の奥へ去ったヒューを見送って、フィンは焚《た》き火を燃やすための石の竈《かまど》を組み始めた。手を動かしながら、フィンは、隣で寝転がっているヴァルに報告した。

「ヴァル先生。ネブロスに入ろうと列をなしていた隊商から聞いたのですが、なにやら北方で不穏な噂があるようです。……大悪魔が現れたのではないかと」

「北か」

「はい。まだ確証はないそうですが、今後、北へ向かう街道が封鎖される可能性もあります。あの、もし街道が駄目になったら、飛竜ドーラにまた乗せてもらえるんでしょうか？」

フィンが訊くと、ヴァルは肩をすくめた。

「無理だな」

「え？」

「今はヒューがいるだろ？　だから、ドーラは頼れない。ドーラはあいつの匂いが嫌いなんだよ。だから、あいつといる時は俺が喚んでも来ちゃくれない」

「な、なぜですか」

驚いているフィンに、ヴァルは、こともなげに答えた。

「あいつが、——飛竜の子だからだよ」

「飛竜、の……？　ヒューが、ですか？」

その意外な言葉に、フィンは面食らった。

「ああ。ヒューの父親は、魔術屋界隈《かいわい》じゃ有名な使い手でな。もうほとんど、生きた伝説になってる。優れた魔術師だった奴は、姿変え術を使い、己の領域を大きく超えた存在――飛竜へと化ける大魔術を使ったんだ。確かに飛竜は素晴らしい生き物だ。だが、長く姿を変えすぎたんだろうな。当然ながら、その代償は大きい」

「それは……。ヒューの父親が、自分が人間であることを忘れてしまったということですか？」

フィンは、目を瞬いた。確かに、フィンも昔聞いたことがあった。姿変え術は、気をつけなければ人を人でないものへと誘うことがある、と。

「そういうことだ。あいつの母親は何年か前に死んじまったが、気の好《い》い人でな。腕もよかったから、俺も世話になってたんだ。彼女は、もとはあいつの父親の弟子だった。父親がそうなってからは、彼女も飛竜に化けて会いに行っていたそうだが、ヒューを身篭《みごも》ったことで自分が人間であることを忘れずにいられたんだ」

「……」

「飛竜は、他の獣以上に縄張り意識が強い。だから、繁殖なんかの例外の時期を除けば、同族との馴れ合いを嫌うんだ。奴らに己の存在を認めさせるためには、戦って勝つ他ない」

誇り高き飛竜は、自らが認めた者とのみ共闘する。竜騎士とも、決して主従関係ではなく、対等なのだ。飛竜ドーラが背に乗せると決めたヴァルが頼んでも、同族と行動をともにすることは好まないということだ。

「それに、あいつは魔術屋だ。一緒だと、ネブロスみたいに警戒の強まってる町にはおいそれと入れないぜ。道行《みちゆき》が楽になるどころか、ますますややこしくなるかもしれん。突き放すなら今だぜ」

少しだけ意地悪く、ヴァルが笑った。そこへ、収穫物を山ほど抱えたヒューが駆け戻ってきた。

ヒューは、フィンたちの顔を見て嬉しそうに叫んだ。

「ただいま！　フィン、ヴァル、ほら見て。野草の他に、美味しそうな茸《きのこ》もいっぱい見つけたんだよ」

「う、うん……」

たった今飛竜の子だと聞いたばかりのヒューを見て、思わずフィンは戸惑ってしまった。道理で、ヒューに灰色山羊の面影を感じたわけだ。フィンの故郷ロカでは、灰色山羊は飛竜と同じく始祖竜の末裔《まつえい》だと言われているのだ。

するとそのフィンの顔を見て、ヒューが首を傾げた。

「どうしたの、変な顔をして」

「いや」

首を振ってから少し考え、フィンは意を決した。そして、思いきってフィンはヒューに告げた。

「ごめん、ヒュー。実は、きみにまだ言っていない大事な話があるんだ。あのね、わたしは……、家族を殺した大悪魔を追ってるんだ」

「だいあくま……って、大悪魔のこと？」

ぎょっと驚いた様子のヒューが、目を何度もぱちくりとさせた。そのヒューに、フィンは深く頷いた。

「わたしは、大悪魔を斬った。でも、完全に殺すことはできなかったんだ。だから、奴を殺すまで、わたしは奴を追い続けなくてはならない。わたしといると、相応の危険が伴うと思う。それでもきみは、わたしと一緒に来る？」

「うん」

ヒューは、すぐにこくんと頷いた。その決断の早さに、フィンは驚いた。

「……怖くないの？」

「だって、僕、フィンやヴァルと一緒に行けなかったら、また一人ぼっちだもの。一人に戻るくらいなら、大悪魔なんか怖くないよ」

少しだけ寂しそうにそう言ってから、ヒューは微笑んだ。

「ね、だから早くご飯の準備をしよう。僕、お腹《なか》ペコペコなんだ」

そう言うと、ヒューは採ってきた野草や茸についた泥を川の水で流し始めた。くるくるとよく働くヒューの小さな背中を見て、ヴァルが肩をすくめた。

「……厄介《やっかい》な奴に好かれちまったもんだな」

「そうですね」

微笑んで頷き、それから、フィンはヴァルに言った。

「ヴァル先生。それでもやっぱりわたしは、ヒューと一緒に行くことにします」

ヒューは、大悪魔と深い縁を持ってしまったフィンを怖がらなかった。

それがどれだけ勇気のいることであるかは、帝政ドラゴニアに住む者ならば誰でも知っている。だから、フィンはヒューの勇気が嬉しかった。

ヴァルは、まるでわかっていたかのように、ふっと笑った。

「ふーん。そうかい。街道を使わずにここから北上するとなると、黒峰川を指標にするしかないな。川沿いはかなり悪路が続くし、遠まわりにはなるが、まあ好きにしな。どうせ、おまえの大悪魔だ」

ものぐさなヴァルを尻目に、ヒューが、空気の匂いを嗅《か》ぐように鼻をすんすん鳴らした。

「……思った通りだ。今夜は凄く暑いから、川のまわりに獣がたくさん集まってきてるみたい。フィンは山育ちだったよね。狩りはできる?」

「うん」

「それじゃ、手伝ってもらおっと。ヴァル、もう少し待っててね。今夕食《メインディッシュ》を捕まえるから」

ヒューはそう言うと、早々にそこらに落ちている石つぶてを拾った。そして、あの投石器を持って、さっと夜の森へと入り込んだ。その影をフィンも追えなくなったところで、あっという間に投石が始まり、あたりがにわかに騒がしくなった。

「あっ……」

すぐに石つぶてが飛んだ方向から、次々と獣たちの逃げ惑う足音が聞こえてきた。次いで、森の茂みから野鹿の群れが飛び出してくる。舌を巻くほどの手際のよさだ。

「――フィン、一番おっきいのが狙い目だよ!」

「わ、わかった!」

ヒューの指示が森から飛び、フィンは急いで竜骨剣を抜いた。待ち伏せのような形になって、フィンは、群れの中でもひと際大きな一頭をひと薙《な》ぎのもとに斬り伏せた。

フィンが火を熾《おこ》している横で、ヒューは手早く野鹿をさばいていった。食べきれない分は干し肉にし、毛皮は町で売るために処理しておく。今夜の食用に切り分けられた肉は、フィンの熾した焚き火に炙《あぶ》られ、早くもじゅうじゅうと焦《こ》げる音を立て始めた。

あっという間に、脂《あぶら》の乗った野鹿の肉は美味しそうな匂いを漂わせ始めた。

夏の盛りで食物の多い季節だ。肉にはよく脂が乗って、熱い肉汁が滴《したた》り落ちている。

肉の焼ける匂いにつられて目を開けたヴァルが声をかけてきた。

「おお、旨《うま》そうだな。さあ、さっさと食おうぜ」

なにもしていないくせにいち早く鹿肉に齧《かぶ》りついたヴァルを見て、フィンの口の中に唾《だ》液《えき》が湧いた。ヒューから受け取った鹿肉はいい具合に火が通り、芳《こう》ばしい香りを放っている。肉に歯を当てた瞬間、じゅわっと熱い脂が口の中にほとばしった。火傷《やけど》しそうなほど熱くて、思わず涙が滲んだが、とても美味しかった。

「ああ、美味しいなあ。狙い通りだったね。この野鹿、きっといい味だと思ったんだよ」

ヒューはご機嫌だった。三人は、しばし競争のように、はふはふ言いながら肉を食べた。

白く淡い煙がふわふわと空に立ち昇り、それを目で追いかけると、夜空に満天の星が輝いていた。黄金色に輝く月に白い煙がかかり、まるでたなびく絹の裾《すそ》を引いているかのようだった。

ヒューが肉に添えた香草の効能なのだろうか。あんまり体が熱くなったから水をガブガブ飲んだけれど、不思議と後味はすっきりとしていて、黒峰川で汗を流すと、ぐっすり眠れそうだった。


川のほとりに、火の爆《は》ぜる音が響いている。ヴァルは、頭の後ろで両手を組んで、大岩にもたれかかっていた。ヒューは、ヴァルがうざったそうにしているのにも構わず、彼の髪を毛繕いしていた。

焚き火の番をしながら、フィンはヴァルに離れ里レプスでのことを伝えていた。

「……あのロブという屍人の下級悪魔は、血を分けた兄弟に固執しているようでした。あれは、いったいなぜだったのでしょうか」

これまで、フィンは人間がもととなった下級悪魔と戦ったことがなかった。だから、あの屍人の行動は異様に感じられた。

「考えたってしょうがないこともあるぜ。奴は死んだんだ」

「けど……、知りたいです」

フィンがせがむと、ヴァルは肩をすくめた。

「そうだな……。下級悪魔ってのは、いろんな生まれの奴がいるんだよ」

「生まれ……？」

「大悪魔が扱う魔術によって造られたり、『大悪魔の血痕』の瘴気に触れて成っちまったりな。それから、この世の闇が凝り固まって生じることもある。原形がある奴もいれば、ただ闇から生まれただけの奴もいる。造り主がいる場合は、その影響を大きく受けるもんだが……。あの屍人の場合は、生きてた頃の己から離れることができなかったんじゃないか」

眉間に皺《しわ》を寄せ、フィンはヴァルの言葉を考えた。

（造り主……。では、あの屍人は、……大悪魔顔狩《かおがり》の影響を受けていたのだろうか？）

故郷が襲われた晩のことが脳裏によみがえり、フィンは思わず顔を押さえた。今もなお、フィンはあの大悪魔とよく似た仮面を顔に被っている。

（ジルトとロブは、血を分けた兄弟だった。……わたしと、兄上のように）

そう思い当たり、フィンは思わず頭を振った。それから、急いで竜騎士の鷹揚《おうよう》な横顔を見た。

「わたし、双子の兄や家族を殺されてから、ずっと考えていたんです。どうして、故郷のロカにあの大悪魔が現れたのか。……ヴァル先生、大悪魔というのは、なにを狙って人を襲うのですか？」

「ふむ」

ヴァルは眉間の皺を深く寄せ、遠く夜空を眺めた。

「奴らは人間より賢いし、狡猾《こうかつ》だ。気まぐれに人を襲うこともままあるし、……当然、人間側が奴らを喚び寄せることもある。だがな。いくら考えたって大悪魔の狙いなんぞどうせわからんし、追い払っても追い払っても奴らは現れる。考えすぎると、ろくなことはないぜ。もう寝ちまいな」

ヴァルはそう言って、その大きな手でフィンの頭を撫《な》でた。

……人間が、大悪魔を喚ぶ。

気のせいか、フィンの顔に焼けるような熱が宿ったようだった。ふと見れば、ヒューが心配そうにフィンの顔を覗《のぞ》き込んでいた。真実を見透かすようなヒューの瞳に、フィンは思わず顔を逸《そ》らした。

ヴァルは、人間が大悪魔を喚ぶこともあると言っていた。無論、そういうことがあるのは、フィンも幼い頃から大人たちに口酸っぱく教えられていた。だが。

（――……大悪魔をロカに喚んだのは、まさか……）

――自分、なのだろうか。

（――この顔は、あの夜現れた顔狩と酷く似ている……）

これは、なにを意味するのだろうか。

もしかすると、自分は、知らないうちに大悪魔憑《つ》きになってしまっているのではないか。

……そして、故郷を滅ぼしたのではないか。

（――だって、わたしは、ずっと故郷を出たかった）

どんなものに代えてでも、どんなものを捨ててでも。……そう思ったことが、ありはしなかっただろうか？　その証拠に、顔が変わったのではないか。

考え出すと、自分という人間が心底から信じられなくなった。ぞっとして、フィンは膝の間に顔を埋めた。誰にも、この顔を見られたくなかった。

自分が自分でない化け物になっていくようで、とても怖かった。それなのにフィンは、自分の顔が顔狩に似ていることを、ヴァルにもヒューにも打ち明けることができなかった。

「――顔狩という大悪魔は、人間の顔を剝ぎ取る能力を持つ」

「――顔とは、内側を覆《おお》い隠す表面であり、盾《たて》でもある」

「――顔狩に顔を剝ぎ取られた人間は、みな死ぬ」

「――……ただし、顔狩の力が万全ならば」

少年フィンは、近頃よく手にしているボロボロの書物をそこまで読み上げたところで、じっと目を凝らした。その頁《ページ》に、薄茶けた血のような痕《あと》が残っている気がしたのだ。

「！」

ふいに、どこからか見知らぬ顔がこちらを見つめているような気配を感じた。この感覚も、最近よくあることだった。

あわててきょろきょろとあたりを見まわしても、誰もいない。急にぞくぞくと寒気がきて、フィンはぶるっと体を震わせた。

（……やっぱり、大悪魔についてなんか調べない方がいいのかな）

悪い予感がよぎり、フィンは急いで本を書棚に戻した。

ロカ領の古城には、謎めいた呪文が記された壁画や古文書がいくつもある。その中には、おぞましい姿をした大悪魔や、その血が滴り落ちた『大悪魔の血痕』が描かれているものもいくつもあった。

（……そういえば、夕暮れに伸びる竜ノ巣山脈の影は、大悪魔の饗宴《きょうえん》だっていう伝説があったな）

書斎を出て回廊に飾られている系譜をなんとなく眺めていると、ふいに報《しら》せが入った。城の南東から、狼煙《のろし》が上がったというのだ。急いで父のもとに駆けつけると、窓の向こうに、立ち昇る黒煙が鮮明に見えた。

それは、ロカで下級悪魔が出た際に上げる合図だった。

「――敵が現れたな。……苦戦しているようだ。強敵らしい、数も多いみたいだな」

特徴のある狼煙の意味するところを読み取り、父は眉間に皺を寄せた。

土地柄、領内には見張り台がいくつも設置されている。領民たちが動向を見張り、罠を張って下級悪魔を追い詰めたところを、竜骨剣を持った父と、それに伴うフィンたちがとどめを刺すのだ。それが、いつものロカの戦い方だった。

しかし、今夜の下級悪魔は、それら監視網を潜り抜けて、村落地帯のそばにまで入り込んだらしい。狼煙は、そのことを告げていた。

「父上！　俺に先鋒《せんぽう》の栄誉を与えてください。きっと下級悪魔を狩ってみせます」

「父上！　わたしに先鋒をやらせてください。すぐにも下級悪魔を捕らえてきましょう」

双子は、父親に対して我先に叫んだ。半分笑い、半分本気で、フィンとフィアはにらみ合った。軍功を争うのが、この双子の兄妹喧嘩《きょうだいげんか》のやり方だった。

「うむ。先の二戦は、どちらもフィンが先鋒を取ったな。では、今度はフィアに先陣を任せよう。本隊の指揮はフィンだ」

「え……？　ですが、父上」

フィンが戸惑ってそう声を上げると、被せるようにして妹が言った。

「ありがとうございます！　父上！　……ほら兄上、早く行こう！　敵に逃げられちゃうよ」


ぐいぐいと妹に引っ張られ、納得したような顔をしていたが、フィンは複雑だった。

父の下した判断に、内心は激しい悔しさを感じていた。最近の父は、平等に兄妹に軍功を与えているようで、実は妹にばかり強力な下級悪魔を狩らせていた。領内の誰にも、……妹にすらも悟らせないように、さり気なく。

けれど、フィンだけは父の思惑に気づいていた。

（……ちくしょうっ。また、大事な時に俺は後方か）

二番目の灰色山羊。両親に訊くまでもなく、系譜にほぼ必ず登場する、夭折《ようせつ》の次子の存在のことはとっくに確信していた。しかし、フィンはそれを妹に教えたことはなかった。希望はあったからだ。二番目の灰色山羊であっても、必ず死ななければならないわけではない。自らの力で死地を切り抜け、生き残る者もいる。

そして――妹は生き残った。

最初は、妹がどうやら死地を抜けたらしいことが、ただ嬉しかった。

だけど、最近では事情が一変していた。

死と隣り合わせの運命にある二番目の灰色山羊は、いつも一番過酷な鍛錬と戦場を与えられる。それが転じて福となってしまったのだろうか。妹は、兄であるフィンはおろか、父をも超える騎士としての才能を見せ始めたのだ。

二番目の灰色山羊だから妹ばかりに危険な役目が与えられるのだと思っていられたのは、もうずっと前のことだ。今のフィンは、そんな風に妹を見られなくなっていた。

（……フィアめ。おまえがそんなに強くなれたのは、たまたま二番目の灰色山羊だったからだろうが！）

いつの間にか、フィンは妹に与えられた哀れな運命にすら嫉妬《しっと》するようになっていた。

竜騎士への夢なんか、今やただの塵《ごみ》になり果てようとしていた。妹にすら勝てない弱虫が、竜騎士になどなれっこない。そんな現実がフィンの誇りに影を落とし、いつまでもじくじくと膿《う》んで痛むようだった。同じ顔をしているのに、力は男であるフィンの方が強いはずなのに。帝政ドラゴニアの守護神たる始祖の七首竜は、妹だけに微笑みかけているようだった。

竜骨剣を持たずに下級悪魔と対峙《たいじ》することほど、恐ろしいことはない。フィンは長男だから、時折父に代わって竜骨剣を持つこともあった。だけど、そうでない夜は、先鋒を務めるたびに身も凍るような恐怖を感じ、妹に先鋒を譲らなかったことを激しく後悔するのだ。それなのに、妹は一度も竜骨剣を持ったことがないのに、妹に先鋒を取られると、酷い焦燥感に苛《さいな》まれた。

（また！　また出し抜かれる……！）

こんなにも苦しんでいるというのに、フィンは、そういう不安をおくびにも出せなかった。どうしても、表向きは立派なグラウリース家の嫡男《ちゃくなん》を演じてしまうのだった。

（駄目だ、こんなことを考えていたら……。フィアのことも、他のみんなも、俺が守らなくちゃならないのに。フィアは結局、竜骨剣ももらえない立場じゃないか）

崩れ落ちそうになる心を、フィンはなんとかそう鼓舞《こぶ》して支えていた。

兄の内心を知らず、無邪気に妹は微笑んだ。

「ねえ、兄上！　わたしが先行して切り込むから、兄上たち本隊は、後ろからまわり込んでよね。けど、気をつけてよ。早く来ないと、わたし一人で敵を討伐しちゃうんだから」

「また生意気言ってるな、フィア。最近馬鹿《ばか》みたいに調子がいいからって、図に乗るな。今度こそ、この俺が下級悪魔を討伐してみせる」

フィンは、兄らしく自信ありげに笑った。だけど、そんな芸当ができたのは、表面だけだった。内心は焦りでぐしゃぐしゃだった。

（このままじゃ、フィアにどんどん置いてかれる……）

内側に渦巻く苦しさを、フィンの端整な顔立ちはすべて覆い隠してしまっていた。傍《はた》からは、フィンが強さと冷静さを兼ね備えた素晴らしい少年へと成長しているようにしか見えなかった。

――その日も妹は、フィンを尻目に竜ノ巣山脈を越えて現れた下級悪魔を、竜骨剣ではないただの長剣で華麗《かれい》に打ちのめしたのだった。フィンはただ、笑顔を貼りつかせて、強く手を叩いて妹を迎えるしかできなかった。

だから、唯一ロカ城の古い書斎だけが、フィンの居場所だった。ここでだけ、フィンはいつもの優秀な少年の仮面を外し、悔し涙を思う存分流すことができた。

「うっ……、うう……。本当に凄いよなあ、フィアは……。俺とは大違いだ……」

第四章　心に差す暗闇

最近、おかしな夢を見ることが増えていた。夜寝ている時のみならず、それは、時折白昼夢としてフィンを襲った。だけど、目覚めると夢の中身は霧散して、よく覚えていないのだ。

今も、顔を伏せたわずかな間に夢を見たような気がして、フィンは頭を振った。そのフィンに、ヴァルが声をかけてきた。

「どうかしたか?」

「い、いえ」

フィンは、首を振った。

交易都市ネブロスを追われるように出発してから、もう半月以上が経《た》っていた。

案の定、交易都市ネブロスから北へ向かう街道は封鎖されることになった。だから、フィンたちは黒峰川《くろみね》を指標に、道のない森を通り、原野を抜けて北上を続ける他なかった。

街道を使えないせいでかなり旅は難航したが、それでも着実に三人は進んでいた。

交易都市ネブロスを離れて十日ばかりすぎた頃、フィンは途中の城砦《じょうさい》都市コリーナに入って旅の物資を調達した。

心にまで堅牢《けんろう》な城壁を張りめぐらしたような城塞都市コリーナは、人を疑うことで治安を守ってきた歴史を持つ。だから、騎士であっても、よそ者であるフィンは酷《ひど》くぞんざいな態度で扱われた。けれど、あの冷たい城塞都市を通り過ぎたのも、もう何日も前のことだ。蛇行《だこう》を繰り返す黒峰川のせせらぎは、すっかり耳に馴染《なじ》んでいた。

今も、涼やかなせせらぎを耳にしながら、フィンは力を込めて竜骨剣《りゅうこつけん》を握り直した。フィンは今、ヴァルに剣の稽古《けいこ》をつけてもらっているのだ。

「ヴァル先生、もう一本、お願いします」

フィンはそう言って、気合いを込めて竜骨剣を振るった。まるで子供と戯《たわむ》れるようにいいようにかわされて、フィンはまた地面にぶっ倒れた。そのフィンの視界に、空を舞う白い梟《ふくろう》が映った。その梟は、地面に舞い降りると人間に姿を変えた。ヒューだ。

「……あれ？　フィンったら、あれから今までずっと頑張ってたんだね。もう日が暮れるってのに、騎士っていうのはほんとに勤勉だなあ」

朝から出かけていてようやく戻ったヒューは、感心したように倒れているフィンを見た。

「ねえ、フィン。僕、お腹空《なかす》いちゃった。こんなに頑張ったんだから、少し休憩にしようよ」

「でも……」

「もうすぐ大雨が来るよ。だって、上空の空気が重くなってきたもの」

ヒューに言われ、フィンは夕空を見上げた。確かに、分厚い雲の峰《みね》が天空を突き抜けるようにむくむくと盛り上がっている。夏の積乱雲だ。

すると、すでに竜牙刀《りゆうがとう》をしまい込んだヴァルが、ヒューに訊《き》いた。

「そういや、今朝『大悪魔の血痕《けつこん》』の臭いがしたって言ってたな。ヒュー、どうだった？」

「臭いを追いかけてたんだけど、雨の匂いのせいでわからなくなっちゃった。だけど、黒峰川の支流の方向だったと思う」

そういえば、二日ほど前に、黒峰川が分岐する場所を通った。確か、あの分岐で分かれた黒峰川の支流は帝政ドラゴニアの内陸部に向けて細く流れていた。

ヴァルが顎《あご》に手を当て、呟《つぶや》いた。

「あの支流か。あっちには、リムネ湖があるな」

地図でしか目にしたことのない大湖の名を聞いて、フィンは起き上がり、今自分たちが黒峰川のどのあたりにいるかを頭で思い浮かべた。

リムネ湖は、帝政ドラゴニア内陸部に位置する広大な湖だ。湖上には、湖上都市リムネを中核《ちゆうかく》とした小さな湖上町がいくつも点在している。どの町も、湖上にせり出した巨大な岩や小島に築かれ、互いに船で行き来をしているそうだ。湖上都市リムネの歴史は長く、頑丈な岩石を何年もかけて巨人山脈から運び、湖水に浸食されることのない美しい石造りの町を築いていったそうだ。

リムネ湖の周辺には、いくつかの水門が築かれている。最近は人の数も増え、湖上町の広さを確保するために、少しずつ水量を調節しているとのことだった。

「リムネ湖は、古来から猛毒が溜まる湖なんだ。なんでも、湖の底に大昔の魔術屋が魔術で造った猛毒の石を沈めたらしい。石から染み出す毒は強力だから、下級悪魔相手にもよく効くんだよ。魔術屋は、リムネ湖の毒を好んで使うんだ。少量でも、相手を確実に死に至らしめることができるからね。湖上都市リムネは、湖の毒を抽出して交易品にしているんだ」

ヒューの言葉に、フィンは首を傾《かし》げた。

「けど、それじゃ、どうやってリムネ湖の人たちは毒の中で暮らしてるの？」

「彼らは、湖の毒を中和する技術を持ってるんだって。湖上都市リムネは、湖の毒に守られて下級悪魔たちの侵攻を防いでいるんだよ」

話している間にも、湿った猛風がびゅうっと唸《うな》った。空がどんどん暗くなっていく。あっという間に、土砂降りの雨が降り始めた。

天の貯水池を引っくり返したような大雨は、それから数日あまりも続いた。黒峰川の水量はみるみる増していった。

支流との分岐まで戻ったフィンたちは、雨の中を瘴気《しょうき》を追ってリムネ湖を目指した。けれど、毒の湖が近いからなのだろうか。水辺だというのに、生き物の気配はあまり多くないようだった。

「……瘴気の臭いは、やっぱりリムネ湖の方向から漂ってくるみたいだ。もうリムネ湖はずいぶん近いよ。さあ、こっちだ」

ヒューの先導で、フィンたちは進み続けた。

やっとのことで大粒の雨が霧雨《きりさめ》へと変わった、ある夜中のことだった。梟に化けて上空からあたりを偵察に行ったヒューが、フィンたちのもとへと舞い戻ってきた。

「リムネ湖の方から、こっちに何人か人が登ってくるよ」

「え？」

「たぶん、湖上都市群のどこかから来た人たちじゃないかな。このまま支流を下っていけば、すぐにかち合うよ。でも気をつけて。僕、なにか嫌な予感がするんだ……」

ヒューが言った通りだった。すぐに、川下から複数の人間が登ってきた。下級悪魔が活発になる時間だというのに、足音や話し声を隠そうともしない。いくつもの松明《たいまつ》の明かりが漏《も》れてくる。夜の闇《やみ》に慣れていたフィンの目が、チカチカと眩《くら》んだ。

「──お、おい、誰かいるぞ！」

「誰だ、また下級悪魔か……!?」

それは、松明を掲げ、ほんの数人で川沿いを登ってきた男たちだった。着の身着のままの体《てい》で、どうやら、どこかから逃げてきたらしかった。彼らの異常な様子に、ヒューが怯《おび》えたようにヴァルの外套《がいとう》の中へ隠れた。

フィンは一歩前に出ると、暗闇の中で、騎士の証《あかし》である背中の竜骨剣を抜いた。

「安心してください！　わたしは旅の騎士です」

星明かりのない闇の中でも、飛竜《ひりゅう》の神気を帯びた竜骨剣はかすかに光を放つ。フィンが竜骨剣を掲げると、手に手に弓や槍《やり》を持ち出していた彼らは、ほっとしたように武器を下ろした。

「あなた方は、湖上都市リムネの方々ですか？」

フィンは、距離を取ったままでそう声を張った。

すると、あちらの集団からも、声が返ってきた。

「そ、その通りです、騎士様。我らは強力な下級悪魔に追われ、逃げているところなのです」

「下級悪魔に？　リムネ騎士団はどうしたのですか？」

「それが……。つい先日、リムネ湖の湖岸に、手負いの、──だ、大悪魔が現れたのです」

大悪魔。その響きに、フィンはぎょっとした。

険しくなったフィンの顔つきに気づかず、男たちは口々に続けた。

「奴はどうやら、深い傷を負っていたようです。その血がすぐに瘴気を吐き出して『大悪魔の血痕』となったので、あれが大悪魔だとわかりました」

「傷のせいかどうか、大悪魔自体はすぐに逃げてしまいました。だから、リムネ騎士団の主力が、残された『大悪魔の血痕』を浄化しに湖岸へ出発したのです。しかし、『大悪魔の血痕』を浄化の炎で燃やすことには成功したのですが、そこを恐ろしいほどに巨大な下級悪魔に襲われ、リムネ騎士団は大打撃を受けてしまいました」

「一番大きな町に住む者たちは、川下へ続く水門を開いて、生き残ったリムネ騎士団たちとともに船団を組んで逃げようとしています。ですが、湖岸に近い小さな町に住んでいる我々は、湖を渡るためだけの脆弱《ぜいじゃく》な船しか持っていません。とても川の下流へは逃げられない。だから、敵の隙《すき》を衝《つ》いて小船で湖岸へ降りて逃げてきたのです」

男たちの話に驚いて、フィンは訊いた。

「でも、リムネ湖の毒は？　下級悪魔は、湖へは入れないのではないですか？」

「それが、どうしたことか、あの下級悪魔には効かないようで……。と、とにかく、騎士様、我々をお助けください」

そう叫んで、男たちはフィンの方へ近づいてきた。炎の光が眩《まぶ》しくて、フィンは目を細めた。すると、近づいてきた男たちの一人が、なにかに気づいたように足を止めた。

「——待て！　あの騎士の顔をよく見ろ……！」

その声に、フィンは目を見開いた。一方、フィンを見つめている彼らも、ぎょっとしたように凍《こお》りついた。

「あっ、あの顔は……！」

みるみるうちに、男たちの間で恐怖が膨れ上がっていった。いくつもの松明の明かりが、不躾《ぶしつけ》にフィンの顔を照らす。次の瞬間には、男たちは叫び声を上げていた。

「本当だ……！」

「あ、あの騎士の顔、あれは……！」

彼らに顔を指差され、フィンは動揺した。

（顔……、だって？）

この顔は、フィンのものではない。見知らぬ誰かのものだ。思わず、フィンは顔を隠すように手で覆《おお》った。

（な、なにを言ってるんだ？　この人たちは……）

驚愕《きょうがく》しているフィンの顔を、男たちは鋭く指差して叫んだ。

「──似てる！　確かに、湖岸に現れた大悪魔に似ているぞ……！」

「だが、彼は竜骨剣を持ってるじゃないか……」

「偽物《にせもの》かもしれん。おっ、俺は逃げるぞ！　食われるのは御免だ!!」

最初の一人が逃げ出すと、すぐにも混乱は頂点に達した。男たちが、我先にと川沿いを逃げ出そうとした、その時だった。

水量を増した黒峰川支流の水面が、ふいにむくむくと膨れ上がった。ざあっと滝が落ちるような水音が響き、あたりに水飛沫《しぶき》が散る。

「！」

フィンは肝《きも》をつぶした。

川面《かわも》を割って現れたのは、鬼燈《ほおずき》の赤い実のようにギラギラと光る目玉だった。水が流れ落ち、そのあとから現れたのは、ぬめぬめとした鱗《うろこ》を持つ、──恐ろしいほどに巨大な大蛇の頭だった。

大蛇の姿をした下級悪魔が、巨大な口をあんぐりと開いた。そして、瞬《まばた》きする間もなく鎌首《かまくび》を振りまわし、大混乱に陥《おちい》っている男たちを全員丸呑《の》みにしてしまった。

声を発することすら、できなかった。

背後に跳び退《すさ》ったフィンが竜骨剣を構えた時には、大蛇は、まるで川下からなにかに引きずり込まれるようにして川面を激しく揺らしていた。大蛇の真っ赤な目玉が名残惜しそうにフィンを見つめ、そのまま川の中へと戻っていった。

激しい水音は一瞬にして失せ、あとには静寂だけが残った。フィンは、呆然《ぼうぜん》と川面を見つめた。

「……に、逃げたのでしょうか?」

水上を泳いで移動する蛇《へび》というのは、そうめずらしいわけではない。故郷のロカでも、白峰《しろみね》川の水面を渡る蛇を見かけたことがある。一方、海の蛇は水中深くを泳げるという。だが、リムネ湖は毒の湖だから、蛇の生息は考えられない。

「奴は川下のリムネ湖へ戻ったようだな。しかし……」

なにか引っかかるのか、ヴァルはじっと川面をにらんでいる。その隣で、ヒューが声を上げた。

「ねえ、あそこを見て! 誰かいる」

フィンは、ヒューが指差した方向を見た。支流から少し離れたところにある木陰《こかげ》に、一人の女の子がぽつんと立っていた。

「あれは……、下級悪魔?」

「……違うと思う。だって、あの子からは生気を感じるもの。あれは、生きた人間だ」

目を細めて、フィンは薄汚れた服を着たその少女を見つめた。ヒューと同い年くらいのその幼い少女は、石のように固まったまま、服の裾《すそ》を握り締めて立っている。

（……どうやら、ヒューの言う通り人間みたいだ）

竜骨剣を鞘《さや》にしまって、フィンは彼女へ声を投げた。

「きみは、誰？　さっきの人たちと一緒にリムネから逃げてきたの？」

けれど、女の子は黙ったまま動かなかった。恐怖で、唇まで凍りついてしまっているらしい。思いきって彼女のそばまで駆け寄ると、フィンは、震えている彼女の小さな手を取った。

「ひっ」

女の子が悲鳴を上げる。フィンが握った彼女の手は、氷のように冷たくなっていた。さっきの男たちがフィンを大悪魔だと言ったから怯えているのかもしれない。フィンは首を振って、優しく言った。

「心配しないで。……わたしは、大悪魔なんかじゃないよ」

「ほ……、本当ですか……？」

「うん。だって、大悪魔は竜骨剣には触れることもできないはずでしょう？　もう一度、わたしの竜骨剣を見る?」

フィンが訊くと、彼女は素直に頷《うなず》いた。そこでフィンがもう一度神気の宿った竜骨剣を抜くと、彼女はほっとしたように表情を和《やわ》らげた。

それを見て、ヒューも川辺からこちらへ近づいてきた。

「ねえ、あなた、さっきの人たちと一緒にリムネ湖から来たんでしょう?」

ヒューの質問に、少女はこくりと頷いた。

「もしかして、さっきの人たちの中に、あなたのお父さん、いたの?」

今度は、少女は首を振った。フィンは首を傾げた。

「それじゃ、どうしてさっきの人たちと一緒に……」

フィンが訊くと、少女は、意を決したように口を開いた。

「き、騎士様。どうか、わたしの話を聞いていただけますか。……わたし、あの大蛇の下級悪魔を生み出してしまったようなんです」

少女は、名前をリリと名乗った。リリは、リムネ湖上の小さな町で両親とともに暮らしているそうだ。フィンに手を取られたまま、リリは話し出した。

「わたし……、小さな二匹の兄弟蛇を飼っていたんです」

フィンは、思わず眉根を寄せた。

――兄弟。その言葉が、フィンの胸をぐっと鋭く衝《つ》く。けれど、その思いを口には出せずに、フィンは黙ってリリの話を聞いた。

「でも、この前誤って毒のリムネ湖水に落ちて……。なんとか助けたくて、リムネの毒消し薬を使ったんです」

「だけど、リムネの毒消し薬って、門外不出でしょ。獣《けもの》なんかにあげていいの？」

似たような背丈のヒューを見返して、リリは俯《うつむ》いた。

「あの子たちは、お父さんとお母さんには内緒で飼ってたんです。だから」

「それも内緒ってわけか」

ヴァルに訊かれると、リリはこくんと頷いた。フィンは、リリの冷え切った手をさすりながら、続きを促《うなが》した。

「それで、その……、兄弟蛇はどうなったの？」

「結局間に合わなくて、あの子たちは死んでしまいました。だから、わたし、湖岸にお墓を作って埋めてあげたんです。仲のよかった二匹が死んでも離れないよう、ぴったりと体を重ねて、尾を結びつけて……」

「……」

「まさかそのあとで、大悪魔が現れるなんて思ってもみなくて」

震えながら、リリは瞳にいっぱいの涙を溜めた。しゃくり上げ始めたリリを見て、フィンは唇を嚙《か》んだ。ここにも『大悪魔の血痕』があり、哀《あわ》れな兄弟をまた狙ったのだ。大悪魔の呪われた力で。

「それじゃ、さっきあの人たちを襲った蛇の下級悪魔は……」

「死んだわたしの蛇だと思います。少し前の月の夜に、わたし、見たんです。あの子たちのお墓のあたりで苦しそうにしている、裂けたような月影を伸ばした、……大悪魔の姿を」

「大悪魔をきみも見たの？　本当に？」

フィンが訊くと、リリはますます泣いた。そして、何度も口の中で『ごめんなさい』と呟いた。

「みんなわたしが悪いんです。だから、下級悪魔になってしまったあの子たちをなんとか説得できないかと思って、さっきの人たちと一緒に小船に乗せてもらって湖岸へ降りたんです。でも、結局怖くなって逃げ出しちゃって……。ああ、どうしよう。あの子たちが、これ以上人を食べたら！」

リリはブルブルと震え出した。混乱しているリリに、フィンは詰め寄った。

「――リリ！　その大悪魔は、いったいどんな顔をしていた？　さっきの人たちが言ってたみたいに、わたしに似ていた？」

自分が大悪魔憑《つ》きではないという保証が欲しかった。だから、泣いているリリを、フィンはさらに問い詰めた。

「お願いだから答えてくれ。きみが見た大悪魔は、いったいどんな顔をしていたんだ!?」

「やっ……！」

フィンの勢いに怯えたのか、リリはすくみ上がった。見かねたヴァルが、フィンの腕を掴《つか》んだ。

「落ち着け、フィン」

「！」

はっと我に返って、フィンはヴァルを見た。震え上がっているリリの頭を、ヒューが撫《な》でて慰《なぐさ》めている。

「す、すみません、ヴァル先生。……リリも、怖がらせちゃってごめん」

なんとか冷静になろうと、フィンは深く息を吐いた。そして、リリの震えている背中を撫でて言った。

「あのね、リリ。安心して。下級悪魔になってしまったきみの蛇は必ずわたしが止める。だから……、よく思い出してみてほしいんだ。きみの見た大悪魔は、本当にこんな顔をしていた？」

おそるおそる、リリがフィンの顔を覗《のぞ》き見た。フィンの顔を見つめたリリは、かすかに首を振って答えた。

「……違うと思います。ごめんなさい。わたし、湖面に映る大悪魔の顔を見ただけなんです。だけど、大悪魔は、あなたよりも、もっとずっと……」

「ずっと？」

「綺麗《きれい》な顔を、していました」


混乱しているリリの話のどこまでが現実で、どこからが空想なのか、フィンたちには判断がつかなかった。フィンは、竜骨剣を鞘にしまった。

「とにかく、この子を連れてリムネ湖へ向かいましょう。さあ、リリ。きみの蛇がこれ以上犠牲を出す前に、早く止めよう」

「お願いします、騎士様」

か細いけれど力強いその返事を聞いて、フィンはリリの手を引き、すぐにリムネ湖へと向かった。

支流沿いを、どれほど下っただろうか。

ふいに、まばらな森の木々が大きく開けた。

森が毒を避けるようにして大きく二つに割れ、その真ん中に、恐ろしいほどに深い緑色をした美しい湖が現れた。リムネ湖だ。大雨のあとのリムネ湖は、水面を深い霧が包んでいた。まるで、魔術屋が幻術《げんじゅつ》でその存在を覆い隠してしまったかのような光景だった。

だけど、どれほど神秘的に見えても、あれは猛毒を含んだ死の湖なのだ。

リムネ湖はとても広大なため、霧がなくても対岸は見えないそうだ。だが、あの霧の中に、湖上都市群があるはずだった。さらに彼方《かなた》には、帝政ドラゴニアの北端を走る巨人山脈の黒い稜線《りょうせん》が薄っすらと見えている。

あたりには、今は雨が去ったあとの静けさが訪れていた。その深い霧の向こうに、いくつもの赤い炎がちらちらときらめいている。

「あれは、松明の炎だろうか？」

「リムネから出てきた船団の灯火《ともしび》だと思います。みんな、水門を開けて下流へ逃げようとしているんです」

「でも、水門を急激に開いて毒水を流したら、下流はどうなるんだ？　毒の中和は間に合うのだろうか」

フィンは、ごくりと喉《のど》を鳴らし、毒の湖を見つめた。リリも、フィンの隣で震えている。

風など吹いていないはずなのに、湖面は荒く波立っていた。

その時だった。ふいに霧が薄れて、月光の束が霧の湖に落ちた。

月明かりに照らされたリムネ湖の中央付近で、鎌首をもたげるように、巨大な頭が持ち上がった。その頭には、あの真っ赤な目玉がギラギラと光っていた。

黒峰川の支流で遭遇した、大蛇の姿をした下級悪魔だ。艶《つや》のある鱗が、リムネ湖の毒水を弾《はじ》いている。

「あれが、リリの飼ってた蛇の兄弟の片割れかい……？」

「あの子たちは、赤い綺麗な目をしていたんです。わたしがリムネ秘伝の毒消しをあげちゃったから、湖の毒が効かないのだと思います」

「だけど、様子が変だよ。酷く苦しんでるみたいだ。あれは、リムネ湖の毒にやられてるからじゃないのかな」

ヒューに言われて大蛇に目をやると、確かにその通りだった。巨大な下級悪魔は、踠《もが》き苦しむような素振りで頭を振りまわしている。

ふいにその頭が、船団の一隻を弾き飛ばした。船はそのまま転覆《てんぷく》し、大勢の人々の悲鳴が湖岸まで届いた。リムネ湖の猛毒で犠牲が出たのだ。

フィンが絶句していると、今度はリリが、あらぬ方向を指差して突然叫んだ。

「あっ、あそこに船が……！」

「え？」

「あれはわたしの町の船です！　お父さんとお母さんが乗ってるかもしれない……」

驚いて目をやると、確かに湖上からこちらに向かって船が現れるところだった。下級悪魔の目を逃れようというのか、リリの町の船は船団とは違って松明を掲げていない。

「お父さん、お母さん！」

両親を呼んで駆け出そうとするリリを、フィンは必死に抱き止めた。

「待って、リリ！　きみはここにいて。ヒュー！　リリを頼む」

「わ、わかった！」

「あの船は、わたしが助ける！」

叫びながら、フィンは走り出した。リリの町の船はもうそこまで来ていた。しかし、そのフィンの背に、ヴァルの制止が飛んだ。

「待て、フィン！　奴の正体は、もしかすると——」

だが、その声は間に合わなかった。フィンはもう、湖岸間際までたどり着いていた。その瞬間、水面が急にむくむくと膨れ上がる。

湖面を割って現れたのは、向こうで船団を襲う下級悪魔とまったく同じ顔。――血のように真っ赤な禍々《まがまが》しい目を持った、大蛇の顔だった。

今にも岸に渡って逃げようとしていたリリの町の船の者たちが、大きく悲鳴を上げた。

「……う、うわあああ！　下級悪魔だ！」

「だが、なぜだ!?　こいつの頭は、あっちに出ているじゃないか……！」

確かにその通りだった。湖上の彼方には、やはり大蛇の首が出ている。竜骨剣を抜き、フィンは目を必死に凝《こ》らして二つの大蛇の首を見た。

（あ、あれは……）

湖面近くを、不気味な光がきらめいた。霧の湖面のすぐ下で、長い縄のようなものがズルズルとうねるように動いている。

やがて水面から姿を現したのは、鱗に覆われた恐ろしいほどに長い尾……いや、大蛇の胴だった。風はほとんどないというのに湖面が不自然なほどに波立つのは、この大蛇の胴が這《は》っているためだったのだ。今も大波が立ち、目の前まで来ていたリリの町の船が大きく揺れた。

二つの蛇の頭を見て、フィンは息を呑んだ。リリは、飼っていた蛇は二匹だと言っていた。だから下級悪魔も二匹いるのだろうか？

（……いや、違う）

大蛇の胴を目で追って、フィンは奴らの正体を悟った。

（そうか。こいつは……！）

これは――長くうねる胴の前にも後ろにも頭を持った、双頭の大蛇だ。

リリは、死んだ兄弟蛇の尾を結びつけて葬《ほうむ》ったと言っていた。どうやら、二匹はそのまま混ざり合って下級悪魔となってしまったらしい。さっき黒峰川の支流で見た奴が逃げたように見えたのは、もう一方の頭に引きずられたからだったのだ。

そこへ、ヴァルが駆け寄ってきた。

「フィン！」

その声にハッと我に返り、フィンはヴァルに言った。

「ヴァル先生、下級悪魔の様子がおかしいのです。この二匹は、尾を結ばれたせいで混ざり合い、繋《つな》がってしまったようで……」

けれど、なぜだろう。大蛇の下級悪魔は、双頭のどちらもが悶《もだ》え苦しむように体を大きく振っていた。まるで、なにかから逃れようとしているように――。

すると、突然、フィンのそばに顔を出している大蛇の頭が、湖上都市リムネの船団を襲っているもう一方の頭に猛烈な勢いで引きずられ、湖岸に激しく叩きつけられた。

大蛇の上げる声なき悲鳴が、あたりに轟《とどろ》いた。

まさか、向こう側の大蛇が尾を振り、こいつを湖岸に叩きつけたのだろうか。まるで、双子のように瓜二つな顔を持つ双頭の大蛇が、互いを憎み、痛めつけ合っているようだった。

（離れたがっている……？）

兄弟蛇が互いに憎み合い、相食《あいは》もうとするような異様な光景に、フィンは呆然となった。

湖の中に引き込まれながらも、大蛇の一方が再びフィンたちに襲いかかってきた。跳び退ってそれをかわし、ヴァルが答えた。

「……こりゃ傷つけているのは、己自身とも言えるな」

「己自身……？」

のたうちまわっていた大蛇の頭は、今度は湖上の彼方に頭を出していたもう一方を引きずり出そうと暴れ始めた。

双頭の大蛇が互いの体で繰り広げる激しい綱引きに、また船団が転覆の危機にさらされた。いくつも悲鳴が響き、フィンは目を見開いた。船団を助けたくとも、遠すぎる。湖岸に近いリリの町の船も危険だ。

　すると、ヴァルがすっと竜牙刀の長い刀身を抜いた。

「面倒だが、しょうがねえな。まずはこいつらを二体に分けるとしよう」

「え……？」

　フィンが目を瞬いた瞬間だった。

　ヴァルは、聖なる竜牙刀を、湖面を裂くように振り下ろした。輝く斬撃が衝撃波となって湖上を滑り、一気に双頭を繋いでいる巨大な大蛇の胴を襲った。

（凄《すご》い……！）

　フィンは、声を失った。

　竜騎士には、こんなことができるのか。

　竜牙刀が放った衝撃波を受けた双頭の大蛇は、真っ赤な血飛沫をほとばしらせ、二体に分かれた。竜騎士が放った奇跡の技に、船上からは歓声が上がった。

「フィン！　こっちの頭は任せたぞ」

　そう言うと、ヴァルは湖岸を走り出した。フィンも意を決し、竜骨剣を大きく振って目の前で暴れまわっている大蛇の注意を引いた。

「下級悪魔よ、こっちだ！」

双頭の片割れは、フィンを見返した。真っ赤な目が爛々《らんらん》と光り、フィンを狙って水上を泳ぎ出した。

大蛇ににらまれ、フィンの顔は酷く熱を帯びていた。

(どうしたんだろう。……顔が、顔が燃えるように、熱い)

リリの町の船から距離を取ったところで、フィンは踵《きびす》を返して大蛇と向かい合った。

大蛇が、猛烈な勢いで鎌首を振りまわしてくる。苦しみ踠く大蛇の片割れに、フィンは叫んだ。

「さあ来い！　今わたしが楽にしてやる！」

竜骨剣を構え、フィンは強く地を蹴《け》った。大蛇の牙は空を切り、フィンの竜骨剣が、その頭を刎《は》ね落とした。首から噴水のように空高く血が噴き出す。大蛇の頭が夜空を飛び、そのまま、リムネ湖に浮いた。

肩で息をしながら目をやれば、もう一方の大蛇の頭も、すでにヴァルが仕留めていた。

最後の血飛沫が水面に落ちると同時に、霧の湖に静けさが戻った。大蛇の下級悪魔が倒れたのを知ると、リリの町の船から喝采《かっさい》が上がった。

「やった！」

「奴め、ようやく死んだぞ……！」

彼らは次々に松明に炎を灯《とも》し、フィンの方へと近づいてきた。間近で炎が上がり、フィンは目を細めた。嫌な既視感がして、フィンは顔をしかめた。

（……この感じ。あの支流での時とおんなじだ……）

フィンは思わずたじろいだ。けれど、フィンの懸念など露ほども知らない船の者たちは、大喜びで岸に向かってきた。

「あそこだ、あの騎士がやってくれたんだ！」

「ありがとうございます！　騎士様！」

大きく手を振られ、フィンは戸惑った。フィンの顔が見える位置にまで船が近寄ると、しかし、彼らの様子は一変した。

「——待て！　あの顔を見ろ……！」

「ああ！　あの顔は……！」

「顔！」

顔、顔、顔。

船上の者たちが、口々に叫んでいく。

湖上からフィンの顔を照らし、彼らは金切り声を上げた。

「だ……、大悪魔の顔だ……！」

「また出たぞ！」

「あいつが、湖岸に『大悪魔の血痕』を生み出したんだ！」

フィンから逃れようと、船が大きく旋回していく。船の者たちが大騒ぎしながら逃げていくのを見て、フィンは動転した。

（顔――顔……!?）

フィンは自分の顔を押さえた。

（だって、大悪魔の顔はわたしのとは違うって、リリが言ってたじゃないか……！）

それとも、自分の顔はまた変わってしまったのだろうか。

今、自分はいったい、どんな顔をしているのだろう。

ぞっとして、フィンは、たまらなく逃げ出したくなった。自分は、何者になってしまったのだろうか。やはり、知らぬ間に大悪魔憑きになったのだろうか。そんな恐ろしい化け物に……。

リムネ湖の奥へ逃げていく船を尻目に、フィンは湖岸に走り寄った。そして、大蛇の血に染まっている毒の湖を覗き込んだ。血と毒にまみれた水鏡《みずかがみ》が、歪んだフィンの顔を映し出す。

その顔は、顔は――。

……真っ黒に、塗りつぶされていた。

それは、家族の死体が並べられたあの塔の上で見た、大悪魔顔狩《かおがり》とまったく同じ顔だった。

家族を、家族を殺した奴の顔だ。

フィンは、声にならない悲鳴を上げた。

「——どうした、フィン！」

ヴァルが、フィンのもとへ駆け戻ってきた。フィンはヴァルの腕を強引に払って叫んだ。

「ちっ、近寄らないでください！　わ、わたし、わたし、やっぱり大悪魔憑きなんです！もう駄目だ、早く殺してください……!!」

「落ち着け、なにがあったんだ！」

「そんな場合じゃないんだ。ヴァル先生、あなたは本当はわかってたんでしょう。この顔のことを！」

「顔だって……？」

「この顔は、あの大悪魔顔狩とおんなじものなんだ。わたしは生き残るべきじゃなかった。このまま生きていたら、わたしはあなたもヒューも、誰も彼も殺します。そうなるくらいだったら、今ここでわたしを……！」

「フィン！」

混乱に陥ったフィンを、ヴァルの力強い腕がぎゅっと抱きしめた。

「や、やめてください、放して！　早く、一刻も早く、わたしを殺して……！」

なおも踠《もが》き暴れるフィンに、ヴァルが強く響く声で叫んだ。

「――俺の声をよく聴け！　フィン！　今の言葉は、誰が言った？」

「……!?」

「よく考えるんだ。フィンよ。今、おまえ自身を殺せと言ったのは、誰だ……!?」

それは、呪文ではなかった。けれど、不思議な力強さをもって、ヴァルの声は混乱しているフィンの胸に染み込んでいった。

ガクガクと震えながら、フィンは執拗《しつよう》に首を振った。

「わ……、わたし、あの夜から、声も、変わってしまって……」

「じゃあ、おまえの中にいる、別の誰かが言ったのか？　おまえなら、きっとわかるはずだ。勇気を出して、自分の中を奥深くまで探り出すんだ。フィン」

ゆっくりと、ヴァルの低い声が問う。フィンは、その問いかけを自分自身に投げかけた。

自分の中に、別の誰かがいるのだろうか？　まわりのすべてを呪う、恐ろしい怪物が。

それとも……。

じっと考えているうちに、ヴァルの腕の中でフィンは答えた。

「……ち、違います。わたしを殺せと言ったのは」

フィンは強く唇を噛んだ。

「――わたし自身です」

フィンがそう呟くと、ヴァルは、フィンの頭を何度も力強く撫でた。

「そうか、そうなんだな、フィン」

「はい……」

「わかった。なら、その声から逃げるな。それもまた、おまえの本心なんだ。おまえは本当は怖くてたまらない。今すぐにでも逃げ出したいんだ。そうだろう？　だが、おまえは逃げることを選ばなかった」

ヴァルは続けた。

「――俺も、同じ声を聴くことがある」

「！」

「だけど、おまえと同じように、俺も逃げることは選ばなかった」

フィンは、思わず顔を上げた。ヴァルは、まっすぐにフィンの瞳を見つめ返して頷いた。

「一度逃げないと決めたなら、これからも逃げては駄目だ。自分で自分を殺そうとなんてするな。それは下の下の選択だ。騎士ならば、気を強く持って戦うんだ」

フィンは、ヴァルに縋《すが》りついて歯を食いしばった。そして、何度も何度もヴァルの声を頭の中で反芻《はんすう》した。それから、意を決して言った。

「……ヴァル先生。どうかお願いします。わたしの顔を、見てください」

おそるおそる顔を上げ、フィンは自分の顔をヴァルに見せた。ヴァルの緑色をした綺麗な瞳に、フィンの顔が映る。それは、真っ黒に塗りつぶされた異様な顔ではなく、今はもう見慣れた、特徴のない、……いつものフィンの顔だった。息を詰めて、フィンはヴァルの瞳の中の自分を見つめた。

（……この顔は、確かにあの顔狩に似ている）

自分は、もう化け物になっているのかもしれない。

だが、それでも負けるわけにはいかない。戦うのだ。家族を殺した、大悪魔を倒すまでは。

最後に息を大きく吐き、ヴァルの精悍《せいかん》な顔を見上げた。

「……取り乱して申し訳ありませんでした。もう大丈夫です、ヴァル先生」

気がつくと、ヒューに手を引かれたリリが、フィンのもとへ近づいてくるところだった。ヒューに摑まりながらも、リリがフィンの顔をじっくりと見つめてくる。怖々《こわごわ》としていたリリは、ようやくほっとしたように肩を落とした。

「あ……、あの……。わたしの町の人たちが失礼を言って、本当にごめんなさい。騎士様。どうして町の人たちがあんな風に言ったのかはわかりませんが……。あなたの顔は、わたしが見た大悪魔とは違います。だって、あの大悪魔は、もっと綺麗で……」

リリの一生懸命な言葉に、フィンは顔狩の特徴を思い出した。顔狩は、奪った人間の顔を自在に使うという。ならば、湖上都市リムネの人たちが見た大悪魔の顔は、それぞれ違っていたとしてもおかしくはない。

(ヴァル先生がいつか言った通りだ。……考えても仕方のないこともあるんだ)

フィンは自分にそう言い聞かせて、リリをなだめた。

「いいんだよ、リリ。気にしないで。わたしはもう、大丈夫だから」

あの船に乗っていた者たちがなにを見たかは、フィンにはわからない。フィンの顔は、大悪魔顔狩によって盗まれている。だから、今仮面のように挿《す》げられているこの顔には、なにが起きてもおかしくない。

「さあ、リリ。きみの蛇たちを今度こそちゃんと弔《とむら》おう。今度はわたしたちも手伝うから」

リリは、フィンたちの手も借りながら、飼っていた蛇の死んだ体をなんとか湖から引き上げ、浄化の炎にくべた。今度こそ蛇たちの軀《からだ》が燃えるのを見届けると、リリはフィンにまた頭を下げた。

「ありがとうございました。騎士様。それに、お連れのお二人も」

すると、ヴァルが空を眺めてから、ヒューを見た。

「まだ夜明けまで時間があるな……。おい、ヒュー。おまえがリリを湖上の町まで送ってやってくれよ。ほら、あそこの岸辺に小船があるだろう。ありゃきっと、あの男たちとリリが乗ってきた船じゃないか？」

「いいよ。僕に任せといて」

ヴァルが指差す先を見て、ヒューは頷いた。小船を器用に操って、ヒューがリリを送っていった。

霧に混じって、四花雨《しのはなさめ》が舞い始めていた。ヒューとリリが乗った小船が起こす引き波を見送りながら、ヴァルが肩をすくめた。

「向こうの船団の連中は、まだ湖岸に降りるのが恐ろしいみたいだな」

「そのようですね」

リムネ湖の彼方を見て、フィンも頷いた。

湖上都市リムネの船団は、湖岸へ上がっていいものか迷うように、いまだに水上で右往左往していた。下流に毒を流そうという連中が、ずいぶんと情けないことだ。

けれど、今は、それも仕方のないことだと素直に思えた。本当に為す術《すべ》のない闇を相手にしては、人間にできることなど限られているのだ。

ふと、フィンが手のひらを広げてみると、深い霧の中を降る白い光の粒が落ちた。

(……四花雨か。この旅では、もう見慣れた光景だな)

死のあとに世界へ還《かえ》るこの輝きが、今のフィンには酷く虚《むな》しいものに感じられた。

(本当にこれは、……ここで死んだ者たちの魂《たましい》のかけらなんだろうか)

死ねば、みんなこうして消えるのみだ。そう思うと、今抗《あらが》っている自分のなにもかもが無意味に思えて、無性に泣きたくなった。それなのに、涙は一滴も零《こぼ》れてはくれないのだ。歯を食いしばって流れていない涙を払い、フィンはヒューの帰りを待った。

(それでもわたしは、奴を追わねばならない)

戻ってきたヒューは、次の『大悪魔の血痕』の位置をフィンたちに告げた。

「――フィン。リムネ湖を渡っている時に、新たな瘴気の気配を感じたよ。次の『大悪魔の血痕』は、どうやらまた北のようだ」

●

……それは、フィンたち双子が十二歳になってしばらくしてからのことだった。フィンは、夜密《ひそ》かに寝室を忍び出ては、相変わらずロカ城の書斎に入り浸っていた。

ロカ城はオンボロだけれど、書斎に収められている文献は、城以上に年季の入っているものが多かった。

フィンは――魔術に関する文献ばかりを優先して読んでいた。

父からも、簡単な魔術についての手ほどきがあった。でも、そのほとんどは、つまらない小手先の術ばかりだった。父は剣を重んじる典型的な騎士だったから、魔術の類《たぐい》はあまり熱心に鍛錬しなかったとみえる。

妹も、同様だった。妹は剣がとても強いから、魔術にはあまり興味を抱かないようで、父に魔術の指南を乞おうとはしなかった。

だからこそ、フィンはこれだと思ったのだ。

魔術は、相応の危険が伴うと言う者もいる。

でも、だからどうだというんだ？

（歴史に残る竜騎士の中には、むしろ剣より魔術を得意とする方もおられたというではないか……）

魔術を覚えるのは難しかったが、睡眠時間を削って学ぶのは苦ではなかった。だって、やっと妹に勝てるかもしれないものを見つけたのだ。

（俺には、これしかない）

妹に知られて、あいつにまで魔術を学ぶと言われたら、もう立つ瀬がない。あの二番目の灰色山羊《やぎ》は、兄の心を踏み台にしてもっともっと強くなっていくことだろう。

夜中に行う秘密の特訓は、日を追うごとに熱を帯びていった。昼間や下級悪魔討伐の最中にぶっ倒れそうになることもしばしばだったが、構いやしなかった。

フィンにはもう、他によりどころとなる希望がなかったのだ。

特に面白かったのが、自分の姿をまったく別なものに変えてしまう、姿変え術だ。

時には夜空を舞う鳥に成り変わって、フィンは自由に風を切った。

フィンは——音もなく夜空を舞う、白い梟の姿に変わるのが大好きだった。

ちっぽけな自分が自分でないものになる感覚に、フィンは恍惚《こうこつ》となった。

（ああ……！　空を飛ぶのはなんて気持ちがいいんだろう。……このまま、自分が自分と

いう人間であることを忘れてしまえたらなあ）

姿変え術を使うたびに、あり得ないことをフィンは夢想した。梟になって空を飛んでいる時にだけ、生まれて初めて、なにもかもから解放されて自由になった気がしたのだ。

人間という殻《から》から離れることで、思わぬ副産物が生まれた。剣術にも、磨きがかかるようになっていったのだ。慎重すぎるほどだったフィンの剣運びに、獣のような迫力と大胆さが生まれ、時には剣戟《けんげき》を俯瞰《ふかん》するような鋭い先読みを見せることもあった。

しばらくして、妹との決闘にも鍛錬の成果が現れるようになった。ここのところずっと負け越していた戦績が、また徐々《じょじょ》に拮抗《きっこう》してきたのだ。

フィンは、その日も鍛錬で妹に打ち勝った。最近はすっかり妹びいきになっていた父は渋面《じゅうめん》を作ったが、気にならなかった。

（やった……！）

内心では喝采を上げていたが、フィンは、心配そうな表情を浮かべて妹に駆け寄った。

「おい、大丈夫か？　フィア」

……また、この台詞《せりふ》を愛する妹に言えた。

この日をずっと、待っていたのだ。

地面に倒れ込んだ妹は、悔しそうに頷いた。

「ううん、平気だよ。……ああ、もう、やられたなあ。最近強いね、兄上。もう一回やろうか」

「いや、今日はもうよそう。悪いけど、疲れてるんだ」

フィンはそう言って、喜びを我慢しながら、ひっそりとまた書斎へ通った。嬉《うれ》しくてたまらなくて、笑みが止まらなかった。

(ついに、ついにまた、妹に勝てるようになった！　もう、俺の野望を遮《さえぎ》るものなんか、なにもないんだ)

フィンは書斎を飛び出し、ロカ城の塔の最上階へ出た。

梟に変身して、音もなく夜空を舞う。いつものように領内を一巡すると、頭も心もすっかり晴れやかになっていた。

魔術は、剣技よりも自由で素晴らしい。もう、なにも怖《おそ》れることなんかない。

ロカ城へ戻ってくると、月明かりの下、誰かが城内の中庭に出ているようだった。

「……？」

不審に思ったフィンは、姿変え術を解かず、梟の姿のままで中庭の樹上へと降り立った。

そこには、……妹と父がいた。

ふいに、父が妹の頬を思いきり叩いた。

「！」

フィンは驚いて、思わず止まっていた木の枝から舞い上がった。梟に変じていると、その習性まで受け継いで、驚いた時には必ずこうして回避行動を取ってしまうのだ。

あわててフィンがもとの場所まで戻ると、父が妹を叱責しているところだった。

「……おまえは自分が恥ずかしくないのか、フィア！」

またも、父の平手が妹の頰を強く打った。あの生意気で気の強いはずの妹が、顔を背けたまま、父に言い返しもしない。

「決闘で手を抜くなどして、フィンが喜ぶと思うか。おまえのしていることは最低だ。見損なったぞ！」

失望したような、父の低い声。

フィンは、頭がくらくらとするのを感じた。

（誰が……、手を抜いているって？　決闘で？）

フィンが覗き見しているのも知らず、父は激昂《げきこう》し、鍛錬用の剣を妹に投げた。

「取れ」

妹は無言だったが、それでも剣を取った。妹の瞳に激しい闘争の炎が灯るのが、梟のフィンの目にもわかった。

無言で合図を交わし合い、父と妹の剣戟が始まった。

――この夜の妹の剣技は、恐ろしいほどに冴《さ》えていた。何度か打ち合ったところで、父の剣は、地面に叩き落された。

妹の操る剣術は、昼間フィンと対決した時よりも、……数段鋭かった。

やがて、父を負かした妹が、そっと口を開いた。

「……父上。昼間のは、兄上のためではないんです。わたしは、下級悪魔退治が好きです。……だけど、人間と戦うために剣を振るうのに、本気にはなれません」

「なぜだ」

「意味がないからです」

妹は、顔を伏せたまま、父にそう言った。

(意味がない……、だって……?)

それは、下級悪魔の襲撃が多くある辺境に生まれた人間ならば、自然な考えかもしれなかった。だけど、フィンの耳には、妹の言葉が酷く尊大な響きに聞こえた。

今は誰の視線もなかった。外へ向けるための仮面を外し、冷えた瞳で、フィンは、妹と、娘に情けなく倒された父とを眺め下ろした。

なにもかもが、滑稽《こっけい》に思えた。

兄との対戦に、兄とは関係のない理由で、妹は手を抜いた。それに対してフィンがどう思うかなど、考えもせずに。

（……そうか。おまえにとっては、俺と戦うことなんか、……俺なんか、意味がないっていうんだな）

それ以上はなにも音が聞こえなくなって、梟のフィンは自分の部屋へと戻った。

これまでの努力が、生きてきた日々が、なにもかも無駄だった気がした。そのままベッドに突っ伏して、フィンは声もなく泣いた。泣いても泣いても、熱く苦しい涙が止め処《ど》なくあふれ出した。

だから、顔を伏せているフィンには、気づくことができなかった。――暗闇の窓から、自分を覗いている不気味な顔があることを。

声を殺して、フィンは髪を無茶苦茶に掻《か》き毟《むし》った。

（――妹に、消えてほしいのかい）

聞き覚えのない声が、自分にそう問いかける。フィンは、顔を伏せたまま激しく否定した。

（――違う、そんなことない！　ただ、俺は……）

もし、と繰り返し唱えてしまうことを、やめられないだけだ。もし、妹と双子じゃなか

ったら？　もし、二人の歳《とし》がもっと離れていたら？　……もし、自分の方が二番目の灰色山羊だったら⁉

そのどれか一つでも叶っていたら、もしかすると、自分はこんなにも苦しんでいなかったかもしれない。

（――可哀想《かわいそう》に。こんなに努力してるってのに、きみは自分の人生を双子の妹に邪魔されてばかりじゃないか。あの妹は最低だね）

フィンは、強く首を振った。

（――違う、違う、違う！　そんなこと、考えてない！　俺は……、俺はずっと）

妹を、家族を自分の手で守りたかっただけだ。

ただ、それがもう、――できそうにないというだけのことで。

●

リムネ湖を出発すると、また北上の旅が始まった。

『大悪魔の血痕』をいくつも追うにつれて、北の巨人山脈がだんだんとその大きな姿を現してきた。真っ黒な山肌をした巨人山脈は、不気味にフィンたちを見下ろしていた。

何日も深い森を歩いて、フィンたちは、『大悪魔の血痕』をもう一つ浄化していた。その後、フィンたちは、蛇行《だこう》を続ける黒峰川の流れと再びかち合うこととなった。

「ここからさらに登ると、確か竜《りゅう》ノ尾渓谷《おけいこく》があったな」

「そう。次の『大悪魔の血痕』は、竜ノ尾渓谷の方だよ」

ヒューがそう頷く。

竜ノ尾渓谷というのは、天地開闢《てんちかいびゃく》の時代に、始祖の七首竜の尾が削り取ったという深い谷だ。高い高い崖《がけ》に挟まれた谷が、今も渓谷として残っている。

「竜ノ尾渓谷を抜ければ、神聖都市ウィッラへ続く街道に出ますね。封鎖されていないといいのですが……」

神聖都市ウィッラは、帝政ドラゴニアの北西にある大都市だ。神聖都市ウィッラを越えた先には、地図にも載らないような小さな集落が点在するのみである。

低地にあるリムネ湖方面から登ってきたフィンたちは、竜ノ尾渓谷を流れる黒峰川沿いを進んだ。

ほとんど飛び石のようになっている巨岩の頭を渡り、鮮やかな緑色の苔《こけ》の間を流れる湧き水で喉を潤す。渓谷の上を流れる小川からいくつも注がれる細い滝を通り抜けると、体が清められたようにすっきりとした。

けれど、ヒューは鼻を押さえて顔をしかめた。

「どんどん血と瘴気の臭いが強くなってきてるよ。僕、鼻が曲がりそう……」

「そんなに？　もう？」

一つ前の『大悪魔の血痕』を浄化してから、まだ三日ほどしか経っていなかった。フィンはヴァルを見た。

「どうも、『大悪魔の血痕』の落ちている間隔が、狭くなっているようですね」

「逃げる速度が緩んでいるということだな。どうやら、奴の魔力はかなり弱まってきているようだ。……つまりは、奴に近づいてきているということでもある」

「やはり、奴が向かっているのは北のようですね。巨人山脈に向かっているのでしょうか？」

フィンが呟くと、ヴァルは眉間《みけん》に深い皺《しわ》を寄せた。

「帝政ドラゴニアの西を走る竜ノ巣山脈と北を走る巨人山脈の交わる地点に、化外《けがい》の地へ続くという坑道があるのは知っているか？」

はっとして、フィンは顔を上げた。その話は、父から聞いたことがあった。

「それは……。大昔に滅んだ、北方の亡国ウィッラを治めた最後の王が、黄金の鉱脈を追って掘らせたというものですか？」

「そうだ。あのあたりからは、今も下級悪魔が湧き出している。何本にも分かれた坑道の中には、まだ塞がれていない抜け道があるのかもしれないという噂《うわさ》だ」

「では、顔狩の奴は、そこを目指している……？」

「手負いならば、あそこから化外の地に逃げようとするのはあり得るだろうな」

しばらくの間、フィンは黙り込んだ。

(化外の地、か)

考えながら進むうちに、水の匂いに混じって、だんだんと血の臭気が感じられてきた。それから、いくつもの獣の気配も。

(こんなに深い渓谷に、これほど多くの獣が……？)

もちろん、それは、『大悪魔の血痕』に誘われたからに他ならない。

そのうちに、激しい水音が聞こえてきた。巨大な滝から水が落ちる飛沫の音だ。蛇行をもう一度抜けると、いくつもの岩棚を経《へ》て落ちる白い大滝があった。黒峰川が作る巨大な滝は、地の底まで貫《つらぬ》くような深い滝つぼを作り、水を川底から湧き起こしていた。

「……ほら、あそこ！　見えてきたよ」

ヒューは、大滝の向こうをにらんだ。ヒューが見つめる滝つぼのそばには、なにか黒いものが無数に飛びまわっているようだった。大滝が起こす水飛沫の中に交ざって血のようなものが撒き散り、そのたびに、甲高い獣の鳴き声が小さく聞こえる。

（あれは……）

どうやら、集団で『大悪魔の血痕』の発する瘴気に毒されてしまった、この渓谷に棲《す》む蝙蝠《こうもり》の群れのようだ。下級悪魔と化してしまった蝙蝠たちは、互いに食らい合っている。

しかし、近づいてきたフィンたちの気配に気づいたのか、一斉にこちらへ向かってきた。

フィンは、意識を集中して竜骨剣を握った。


——フィンたちが炎を放った『大悪魔の血痕』のそばでは、下級悪魔にやられた獣の屍《し》骸《がい》が無数に散らばっていた。黒煙に混じって、赤く輝く灰が夜空へ吸い込まれていく。四花雨は、今夜も美しく輝き、大地に舞い落ちては消えていった。

（竜ノ尾渓谷を抜ければ、いよいよ神聖都市ウィッラか……）

夜空を見上げれば、もう月はかなり膨らんでいた。

大悪魔である顔狩を追う旅も、いよいよ大詰めかもしれない。姿変え術を駆使して疲れきったヒューは、ヴァルの膝《ひざ》に頭を乗せて寝息を立てている。

ふとフィンは、まだ寝る様子のないヴァルに切り出した。

「ヴァル先生」

「なんだ」

「あなたに、ずっとお訊きしたかったことがあるんです。あなたの師匠だった竜騎士は、……先代の大ペンドラゴンは、いったいどんな方だったんですか」

ヴァルはしばらく沈黙していた。やっぱり、不躾な質問だっただろうか。ちょっとだけ後悔していると、ヴァルは、古傷でも痛むような表情を浮かべた。

「……なんでも不用意に知りたがって、近づきたがって。その先になにがあるかも知らずに……。……やっぱり、おまえは似ているよ」

「え……？　誰に、ですか」

「さあ、誰だろうな」

ヴァルは微笑《ほほえ》んで、それから、ゆっくりとフィンに話し始めた。

「俺の師匠だった竜騎士は、大ペンドラゴンの名に相応《ふさわ》しい男だったよ。おまえも、師匠の功績くらいは知ってるだろう」

「はい。帝都にまぎれ込んだ人狼退治に、巨人山脈のトロール狩り。それから、凶悪な海魔を倒し……」

どれも、兄と一緒に両親から寝物語に聞いた伝説ばかりだった。

七竜騎士は誰もが目覚ましい活躍を見せているが、大ペンドラゴンは、強さに加え、勇敢さと、人々に対する優しさを持っていると評判だった。故郷ロカを出て、大ペンドラゴンの肖像を見た時、あれだけの数の偉業を為したにしては、ずいぶん若いと思ったものだが……。

「……師匠は、大悪魔に襲われた俺の村を助けに来てくれたんだ」

大悪魔。その響きに驚いて、フィンはヴァルを見つめた。浄化の炎を眺めているヴァルは、フィンに軽く頷いた。

「師匠のおかげで、大悪魔は追い払われた。だけど、俺は故郷じゃ大悪魔を喚《よ》んだ元凶だと思われていてな。あのまま村にいても殺されるだけだったから、師匠が連れ出してくれたんだよ。師匠は優しい人だったから。

だが、ついていったはいいが、竜騎士の旅路はとても厳しかった。でも、俺は師匠と旅するうちに、どうしても竜騎士になりたくなったんだ。だから、なにがなんでも師匠から離れなかった。そのうちに強くなった俺は、今度は自分だけの旅がしたくなった。それから何年もかかって、俺は飛竜を倒して獲《え》ることに成功したんだ」

「ドーラですね」

「ああ。その頃には、実力で師匠にかなり肉薄してきていたと思う。俺はドーラと一緒に世界を旅してまわるのに夢中だったし、師匠のことは気にはなっても、何年も顔を見に行くことはなかった。

……だけど、しばらく会わない間に、師匠は大悪魔憑きになってたんだ」

「！」

フィンは息を呑んだ。ヴァルはただ、寂しげに首を振った。

「信じられなかったよ。あの強くて優しかった人が、あんな風になってしまうなんて。師匠は、生涯《しょうがい》のうちで救った人よりも多くの命を奪おうとしていた。だから……、師匠から教わった剣技で、――俺が殺したんだ」

悲しいヴァルの横顔を、フィンはただ見つめることしかできなかった。

「そして、俺は師匠の竜牙刀と、そして、大ペンドラゴンの名を受け継いだ。英雄を殺した俺は単なる卑怯者《ひきょうもの》さ」

「……」

「軽蔑《けいべつ》したか」

フィンは、すぐに首を振った。

「それは……、竜騎士にしか、できない仕事です」

フィンがそう言うと、ヴァルはほんの少しだけ目を見開いた。それから、ふっと苦笑した。

「……本当にお人好《よ》しだな、おまえは」

そう言って、ヴァルはフィンの額を小突いた。ヴァルを見つめて、フィンは思った。

(そうか……。たとえ、竜騎士であったとしても……)

本当に恐ろしいものに襲われたら、無力なのだ。

なんとか生き抜こうと抗っても、無意味な死を迎えることもある。……あの哀れな屍《しかばね》人《びと》や、黒峰川の支流で殺されてしまった人々のように。

フィンは、輝かしい栄光に満ちた竜騎士に潜む影を、そして、無邪気に竜騎士に憧《あこが》れていた兄を思い、唇を噛んだ。

(けれど、それでも、……人は戦わなければならないのだろうか)

戦わなければ、死ぬだけだ。自明の理のはずなのに、敬愛する師匠を手にかけなければならなかったヴァルの悲しみを知り、フィンは瞼《まぶた》をぎゅっと閉じた。

……目を閉じているうちに、いつの間にか眠ってしまったらしい。

なにかとても硬くて温かいものが肌を掠《かす》めていった気がして、フィンは薄く瞼を開けた。

四花雨の儚《はかな》い光が目に入り、その薄明の中で、巨大な美しい生き物が見えた。

(あれ……？　ドーラ……？)

鏡のように輝く瞳を今は瞼の中に隠し、頭を大地に伏している。それは、白銀の飛竜ドーラよりも少し小さな、琥珀《こはく》色をした子供の飛竜だった。

(なんて……、綺麗なんだろう……)

まるで絵物語のような光景だった。

フィンは夢うつつの中で、小さな子供の飛竜がぶるぶると頭を振ってから、ヴァルとフィンの姿を探し、見つけるとほっとしたように頭《こうべ》を垂《た》れて、寄り添って眠る幻《まぼろし》を見た。

第五章　魂の名前

＊＊＊

それは、収穫の始まりを祝う真夏の祭日を前にした、ある夜のことだった。帝政ドラゴニア北西の端に位置する神聖都市ウィッラでは、不穏な噂《うわさ》が流れていた。

「――南へ向かう街道沿いで、手負いの大悪魔が目撃されたらしいな」

ウィッラ騎士団の詰め所に控えた騎士の誰かが、ふいにそう言った。

満月を間近に控えたその晩も、詰め所では年若い騎士たちが警戒に当たっていた。集まった騎士たちは、肩をすくめて顔を見合わせた。

「ああ……。俺も聞いたが、にわかには信じられん。また、いつもの古い坑道付近から迷い出てきた下級悪魔じゃないのか？」

「うーむ」

この地方の歴史は古い。神聖都市ウィッラがあるこの場所には、かつて黄金の採掘で栄えた古い王国ウィッラがあった。

亡国ウィッラの最後の王による伝説は、今も語り継がれている。それは、もう二百年ほども昔のことだった。大悪魔にそそのかされたウィッラ王は、竜《りゅう》ノ巣《す》山脈にある黄金の鉱脈を追って、いくつもの坑道を掘り進めさせたというのだ。

だが、竜ノ巣山脈は、それ自体が神気を生ずる神山だ。内部に入れば入るほどに、方向感覚を失う。坑夫たちはいくつも見当違いの方向に坑道を掘り進み、山中の森の奥や、なにもない崖の中腹へ出口が開いてしまうこともしばしばだった。そして、ついには、方向を最悪に誤り、化外《けがい》の地への道を拓《ひら》いてしまったのだそうだ。

結果、化外の地から湧き出した無数の下級悪魔によって、ウィッラは滅ぼされた。それから何十年もすぎ、人々は完全に黄金への欲望を断ち切って、今は始祖竜を崇拝《すうはい》する神聖都市ウィッラが、帝政ドラゴニアの下で繁栄している。

坑道は、当時の竜騎士たちが飛竜《ひりゅう》の協力を得て、落石や結界術によって封鎖した。しかし、どこぞにまだ抜け道でも残っているのか、時折、化外の地から下級悪魔が迷い出ることがあった。

ウィッラ騎士団は、それら下級悪魔から、神聖都市ウィッラを守っているのだ。

「……だけど、大悪魔って言われても、なあ」

「なんだか、実感が湧かないよな」

年若い騎士たちは、祭日のために用意された酒をこっそり持ち出していち早く開けながら笑い合った。

「本当の話なのかねえ？」

「わからん。目撃したのは爺《じい》さん婆《ばあ》さんばかりだっていう情報もあるしな」

大悪魔という災禍《さいか》は、そうそう人前に姿を現すものではない。

若い騎士たちにとっては、記憶のあるうちに起きた大悪魔事件はまだ少ない。だから、教訓と迷信を愛する年寄りの戯言《たわごと》のように思えてしまうというのが正直なところだった。

夜空を見上げると、丸くなりかけた月が淡い光を放っている。

ぷーんと羽音を立てる夜虫が寄ってきて、騎士たちはうんざり顔で手を払った。肌にはじりじりと汗が湧き、生臭いような臭いが鼻につく。古参や金持ちの倅《せがれ》は、こういう嫌な時間の見張りには姿を見せない。我が身の拙《つたな》さを嘆いて笑い合うのは毎夜のことだったが、今夜ばかりはいつもと様子が違った。

酷《ひど》く蒸し暑いというのにぶるっと体を震わせ、若い騎士は同輩の肩を叩いた。

「……まあ、せいぜい気をつけようぜ」

「ああ、一応、な」

「そろそろ見まわりの時間か。面倒くさいけど、仕方がないな」

互いに怖がっているのを気取られないように、努めて明るい調子でそう声をかけ合って、見張りの順番がまわってきた二人組が詰め所を出た。

「……外は蒸すなあ」

「もう夜だってのに、まいったぜ」

二人組の若い騎士たちは、手を扇《あお》いで風を立て、わざと大声で喋《しゃべ》りながら、大通りの見まわりを始めた。

この夜は、どこか不気味な予感がした。けれど、怯《おび》えているのを認めてしまうと、本当に禍々《まがまが》しいモノを喚《よ》び寄せてしまうような気がした。

神聖都市ウィッラは、一度滅んでいるだけあって、守りは固い。強固な石組で造り上げられた城壁と、いたるところに鋭い眼光を光らせた始祖竜の像に、町はぐるりと囲まれていた。南北にはそれぞれ、二振《ふたふ》りの鋭い剣のような見張り塔が並んでそびえ立っている。

見張り台のあるその二つの塔に挟まれて、神聖都市ウィッラの南門と北門があり、それを結ぶように大通りがまっすぐに貫《つらぬ》かれていた。遠目に見やれば、鉄格子《ごうし》製の巨大な城門はがっちりと大地を嚙《か》んでいる。

（……大丈夫だ。侵入者がいれば、とっくに大騒ぎになっているさ）

そう思って一人の騎士がため息を吐くと、隣の騎士がこうからかった。

「なんだ、怖がってんのか？」

「ま、まさか。そんなはずないだろ」

ともすれば震えそうになる声を張って、二人の騎士は笑い合った。

すると、その時だった。

堅固なはずの城門が、ゆらりと揺れたように見えた。

「！」

夏の夜風が、蒸れた生臭い臭いを運んでくる。どこかに、処理を間違えた家畜の肉でも放置されているのだろうか。

怖かった。気づかぬうちにキリキリと歯を食いしばっていると、ふいに目の前を、さっと黒い影が横切った。

「あ、あれ？」

「誰か、用足しにでも言ったかな……」

二人は、顔を見合わせた。

詰め所に控えている誰かが、急にもよおして駆けていったのだろうか。

（いや、そんなはずない）

いつも冗談を言い合っている仲だ。そういう同輩が、通りがけに自分たちに声をかけていかないはずがなかった。

「……」

ごくりと喉《のど》を鳴らし、騎士たちは、そっと影の消えた先へと向かった。

角を一つ曲がったところで、騎士たちは、ぎょっとして足を止めた。大通りの陰《かげ》に、誰かがうずくまっていたのだ。大悪魔の噂が出てから、夜間の外出は禁止されているにもかかわらず。

──それは、鼠《ねずみ》色の薄汚れた長衣を着てフードを被った人間だった。案外、小柄である。苦しむように首筋を押さえ、肩をわずかに震わせているようだ。

騎士の一人が、そのうずくまっている人間に駆け寄った。

「おい、どうした。大丈夫か?」

「あ……、ああ……」

思いがけず、美しい声だった。ふいを衝《つ》かれて、騎士たちはドキリとした。よく見れば、震えている肩はずいぶん華奢《きゃしゃ》なようだった。

(女……?)

それとも、子供、か。

「めまいでもするのか?　具合が悪いなら、少し詰め所で休ませてやるぞ」

そう言って、先を行っていた騎士が、うずくまったままの相手の華奢な肩に手を置いた。

ゆっくりとした動作で、そいつが、こちらを向く。その瞬間、フードがずれて下の顔が覗《のぞ》いた。

垣間見えたその顔に――、若い騎士は思わず目を奪われた。

「おまえ……、女か……？」

髪や瞳の色は、燃えたあとの灰のような色をしていた。

顔の造作は印象的だった。朱が差した頬《ほお》は艶《つや》やかな林檎《りんご》を思わせたし、薄暗い中だというのに瞳はキラキラと輝いている。しかし、この暑い夏夜だというのに、首にはなぜか、ぐるぐると暑苦しい厚布を巻いていた。

……いや、だが、女というにはまだ幼い。

(子供か)

息を詰めて、騎士はその子供の顔をまじまじと見つめた。

当の子供は赤い唇をふっと歪めて笑い、騎士に言った。

「ああ……、あんたたち、このウィッラの騎士？　わざわざ追いかけてくるなんて、ご苦労様。でも、あとにしてくれる？　今は、他所《よそ》に用事があるんだ」

子供のくせに尊大な言い方だったが、声は、とても綺麗《きれい》だった。吟唱《ぎんしょう》でもさせたら、いい歌を奏でるかもしれない。

けれど、なぜだろうか。今響いた子供の声は、これまで聞いたことがないほどに不気味なものに聞こえた。戸惑っているうちに、子供は騎士たちに背を向けて駆け出してしまった。

騎士の一人が、ふと地面を見て呟《つぶや》いた。

「あれ……？　なんだ、この染みは。……さては、あいつ、漏《も》らしやがったか」

ブツブツと文句を垂《た》れて、騎士の一人が、子供のうずくまっていた場所を調べ始めた。

もう一人の騎士は、去った子供を追った。

「おい、おまえ、待つんだ！」

ちょっと駆けると、すぐに子供の背が見えた。

しかし、二人組を組んでいた相棒の騎士は、どうしたことか、あとを追いかけてこない。振り返ると、なにか気になることでもあるのか、子供の残した濡れたような染みをじっと見つめている。

相棒を置いて、騎士は子供を捕まえることにした。

「待て！　おまえは、どこの出身だ？　見ない顔だが、よそ者だろう。それなら、きちんと身分の証明を……」

大きく声を上げながら、騎士は子供を追って次の角を折れた。騎士がやっとのことで再び追いついてその肩を摑《つか》むと、恐ろしいような子供の声が返ってきた。

「やれやれ。今は忙しいっていうのに、しつこいなぁ。これだから、騎士ってのは嫌いなんだ……」

振り返った子供のフードの下に隠れた顔を見て、ぞっと総毛立つ。その顔は真っ黒に塗りつぶされて、目も鼻も見えなくなっていたのだ。

しかし——あんぐりと開いた大きな口だけは、騎士にも見て取ることができた。子供の口はどんどん大きく広がって、ついにその暗闇《くらやみ》の顔中すべてが口になった。

「……ひ……！」

騎士は小さく悲鳴を上げた。

いけない。この禍々しいものは、自分一人の手に負える相手ではない。騎士としての意志が、他の騎士たちに助けを求めよと警鐘《けいしょう》を鳴らしている。

だが、その瞬間だった。子供の両手が異様なほどにグンと伸びて、ガッシリと騎士の両肩を摑んだ。大きく口を開けた子供が、年若い騎士の目の前でむくむくと膨らみ——ついに騎士は、頭ごと大悪魔に飲み込まれてしまった。

「あっ……」

たった一言、その小さな声だけを残して。

＊＊＊

――竜ノ尾渓谷《りゅうおけいこく》を抜けたフィンたちが、神聖都市ウィッラへと続く街道に出たのは、その翌夜のことだった。

夜空には、満ちるのを明日に控えた、幾望《きぼう》と呼ばれる月が昇っていた。十四夜。満月の前の晩に上がる月だ。月が完全な円を描くまで、あとたった一日。さらに膨らんでいくこの月は、希望の象徴だと帝政ドラゴニアでは考えられていた。

神聖都市ウィッラには、かつてあった黄金の輝きは今は見えない。代わりに町を守るように見下ろしているのは、始祖竜をかたどった無数の像だった。

神聖都市ウィッラが見えてくると、フィンは声を上げた。

「ヴァル先生……！」

神聖都市ウィッラは、城壁越しからでもそれとわかるほどに、渦巻くような無数の黒煙を上げていたのだ。フィンたちのいる南側に向いている城門からは、続々と逃げ惑う人々があふれ出していた。

ヒューが、悲鳴のような声で叫んだ。

「あの人たち、なにをやってるんだ。あれじゃ、いい獲物《えもの》じゃないか……！」

混乱に誘われたのか、あたりには何匹もの下級悪魔の気配が漂っている。逃げ出す人々にも護衛の騎士がついているが、圧倒的に数が少ない。

「町の中から、鬨《とき》の声も聞こえているな」

「それに、濃い瘴気《しょうき》の臭気も漂ってるよ」

「じゃ、町の中と外で、ウィッラの騎士団が分断されてるってことだ」

「わ、わたし、行きます！」

すぐにもフィンはそう言って、神聖都市ウィッラへ向けて走り出した。逃げ出す人々の列を避け、まっすぐに神聖都市ウィッラの城門を目指す。

「フィン！　城門からじゃ無理だよ！」

後ろから追いかけてきたヒューが、フィンにそう叫んだ。

「どうして!?　わたしは騎士だ。救援に来たと告げて、この竜骨剣《りゅうこつけん》を見せれば……！」

「あれだけ混乱してたら、まともに話なんて聞いてくれないよ。それより、城壁を越えて入った方が早い」

「あんなに高い城壁から？　いったい、どうやって……」

「僕に任せて」

ヒューに引っ張られるようにして、フィンは進路を変えた。城壁の見張り台には、人気《ひとけ》がなかった。城壁の中で大混乱が起きているのは間違いない。悲鳴や怒号が、今も町中から響き続けていた。

城壁の前に立つと、ヒューは呪文を唱え、夜空を飛ぶ白い梟《ふくろう》へと身を変じた。

それを見て、フィンは目を見開いた。ヒューが化ける梟は何度も見ているはずなのに、今はその姿がとても強く胸を衝いた。

（――あれは、白い梟、だ）

（――いつかの夜、故郷《ロカ》で、見た……？）

梟の白い影は、フィンの見ている前で身を翻《ひるがえ》し、あっという間に城壁の上まで飛び去った。

「よし、縄を一本下ろすよ。待ってて、フィン！」

城壁の上からヒューの声が投げかけられ、その直後、するすると一本の縄が城壁を伝うように下りてきた。そこへ、ヴァルが追いついてきた。

「フィン！」

「ヴァル先生、わたしが先に登ります。……ヒュー！　今わたしも登るから、そこで待ってて」

なぜだろうか。白い梟を見た瞬間から、フィンの胸に、無性に嫌な予感が疼《うず》いていた。

フィンは急いで縄を伝って、城壁を登り始めた。そのフィンに、またヒューの警告が飛ぶ。

「フィン、気をつけて！　町の中は、『大悪魔の血痕《けっこん》』だらけだ。下級悪魔が、どんどん湧き出てきてる……っ」

フィンは城壁の上を見た。

しかし、ヒューの姿は見えなかった。

（まさか、もう町へ降りてしまったのか……!?）

鼓動が、高く速くなっていった。城壁が、無情なほどに高く感じられる。縄を手繰《たぐ》る自分の手がいやに遅く感じ、フィンは胸が喘《あえ》ぐような苦しさを感じた。

「ヒュー！」

フィンは小さな友達の名前を叫んだ。

やっとのことで城壁の上までたどり着き、フィンは町を見下ろした。

下級悪魔とウィッラ騎士団、そして町の人々が入り乱れ、悲鳴を上げ、逃げ惑い、戦っている。

あちらこちらに、黒い瘴気を噴き出している『大悪魔の血痕』が見えた。

（なんてことだ。『大悪魔の血痕』から、下級悪魔が、どんどん生まれている！）

大きな悲鳴が、またいくつも響いた。逃げ惑ううちに『大悪魔の血痕』を踏み、下級悪魔になってしまう者が現れ、被害は雪崩《なだれ》のように拡大していた。なんとか『大悪魔の血痕』を燃やして浄化しようと試みたのだろう。あちこちに赤々とした火の手が上がっている。

その煙の影に、翻るような白い梟が見えた。

梟は、大通りに入るところで人間の姿に変わった。

ヒューだ。

「『大悪魔の血痕』が、あっちに、北に続いてる。フィン！　きみが追ってる大悪魔は、やっぱり北に逃げてるんだ！」

梟の口では喋れない。だから、ヒューは人間の姿に戻ったのだ。

だが、その瞬間だった。ヒューの姿が、ふいに闇の中へ消えた。闇の向こうで、ヒューの短い悲鳴が響いて途切れた。

「ヒュー……!?　ヒュー!!」

叫んだが、もうヒューの返事はなかった。

「ヒュー、どうした!?」

無我夢中だった。そのまま高さも考えずに、フィンは城壁から一気に飛び降りた。猫のように身を翻すと、フィンは地面に降り立った。着地の衝撃で両足がきつく痛むのにも構わず、フィンはヒューを追って駆け出そうとした。

「ヒュー!!」

けれど、すぐにフィンはぎょっとして足を止めた。

ふいに、首筋に息がかかるような間近から名前を呼ばれたのだ。

「……フィア……」

「!!」

ぞっとして振り返ると、そこには、見知らぬ若い騎士が立っていた。

ウィッラ騎士団の騎士のようだ。その騎士は、無言でじっとこちらの顔を見ている。

異様な雰囲気だった。彼の石のような目に、フィンは身の毛がよだつような恐ろしさを感じた。

「お、おまえは誰だ！　……どうして、その名を知っている……!?」

怖さを押し込め、フィンはそう訊《き》いた。若い騎士は、ただ黙ってフィンを見つめるばかりだった。恐怖で気がおかしくなっているのだろうか。それとも……。

その時だった。

ふいに、家々の窓が開いた。次々に、一斉に。そのどれもから、見知らぬ顔が覗いた。

どの人間も、大通りに立っているフィンをじっと見つめている。

顔、顔、顔。また、顔。

「フィア……」

「やっと、見つけた……」

激しい違和感に血の気が引き、フィンは呆然《ぼうぜん》とした。神聖都市ウィッラの町並に浮かぶ無数の顔に、フィンは視線をあわただしくめぐらせた。

（……変だ、これ……）

やっとのことで、フィンは異常の正体に気がついた。

窓からこちらを見ている、無数の顔。

そのどれにも、人間味や感情が感じられないのだ。

そして、どの顔も、どこかで見たことがあるような、凡庸《ぼんよう》な顔つきをしている。

（どこかでって、どこで……？）

……そんなの決まっている。あの悪夢の夜に見た、大悪魔顔狩《かおがり》の特徴のない顔だ。つまりは、こちらを見ているこの顔のすべては……。

（こいつらは、普通の人間じゃない。化け物だ。……誰かに、顔を挿《す》げ替えられている！）

そして、そんなおぞましいことをできる奴に、心当たりは一人しかいない。

（顔狩の仕業だ……！）

とうとう、フィンは仇《かたき》に追いついたのだ。

すぐさま、フィンは竜骨剣を抜いた。その途端、大悪魔に顔を盗まれた神聖都市ウィッラの人々が、口々にフィンを呼んだ。

「フィア……」

「フィア……」

「おいで……」

どす黒く禍々しい大きな手が、自分に向かって伸びてくるように見えた。次の瞬間、町の人々や騎士までもが武器を手にし、一斉にフィンに襲いかかってきた。

「待ってよ、フィア……!」

あらゆる角度から聞こえてくる喚び声に、フィンは思わず叫んだ。

「よ、よせ……! わたしはフィンだ! フィアなんかじゃない!!」

建物の陰《かげ》から、窓からも次々と、まるで人形のように町の人々が追ってくる。顔を挿げ替えられた人々が、窓から落ちたその上にも被さり、他の人間を足蹴《あしげ》にして立ち上がった。

彼らは、一直線にフィンに襲いかかってきた。

数が多すぎる。

周囲を囲まれて否応《いやおう》なく背後に逃げながら、フィンは唇を嚙んだ。

この連中はもう、『大悪魔の血痕』から生じる瘴気に触れ、あの哀《あわ》れな屍人《しかばねびと》のように、人間ではなくなってしまったのだろうか？

（……ううん。もしかすると、まだ顔を剝がされただけかもしれない。わたしだって、顔を挿げ替えられても、こうしてちゃんと生きてるんだ。顔狩を倒せば、この人たちだって……！）

だけど、倒さずに逃げるだけ、というのは、殺すよりも難しい。振り払っても振り払っても、次々に襲撃されるのだ。

（早くヒューを追いかけなきゃいけないのに……！）

気がつけば、フィンは逃げ場を失い、城壁に背中をつけていた。じりじりと包囲の輪が縮まる中に、縄を登ってきたらしいヴァルが城壁から飛び降りてきた。

「フィン！　ヒューはどうした!?」

「あっちに……、『大悪魔の血痕』が続いている方に消えました」

「北か」

「けれど、この者たちは人間です。顔狩に、顔を盗まれているのです」

フィンがあわててそう説明すると、ヴァルは鼻を鳴らした。

「斬り捨てるには、ちょっと早いってわけか。それじゃ、ここは俺に任せて、おまえはヒューを追え」

「ですが……！」

フィンは、思わず叫んだ。いくら竜騎士でも、今はフィンと状況はそう変わらない。これだけの数の人間に襲いかかられて、斬らずに持ちこたえることができるのだろうか？

「いいから行け！　背負わなけりゃならん命の犠牲があるなら、俺が背負ってやると言ってるんだ。おまえは、ドーラではなくあの偽《にせ》飛竜のガキを自分で選んだんだ。自分で連れていくと決めたくせに、助けてやらんつもりか？　早く行ってやれ。奴はきっとおまえを待ってる」

だけど、それは、ヴァルがこの人たちを殺すということだろうか？　大悪魔を倒す、フィンのために……。

逡巡《しゅんじゅん》しているフィンを、ヴァルの力強い瞳が見据えた。

「フィン。俺を――竜騎士を信じろ。これは、竜騎士《おれ》の仕事だ。おまえは、おまえの戦いの場へ行くんだ」

フィンは、歯を食いしばった。そうだ。ヒューは大悪魔を追うフィンの旅にここまでついてきてくれたのだ。死なせるわけにはいかない。

フィンはヴァルを見つめ、最後は頷《うなず》いた。

「……わたしは行きます。ヴァル先生。どうかご無事で」

フィンがそう言うと、ヴァルは頷き、竜牙刀《りゅうがとう》を抜いた。

月光を受けて白く輝く竜牙刀の雄々《おお》しい姿に慄《おのの》いたのか、顔を盗まれた神聖都市ウィッラの住人たちはわずかに躊躇《ちゅうちょ》した。その一瞬の隙《すき》を衝いて、フィンは走り出した。

住人たちの大部分はフィンを追い、残りはヴァルに向かって襲いかかってきた。

ヴァルは、巨大な竜牙刀をゆっくりと構えた。

フィンは、力の限り駆け続けた。だが、いくら振り払っても、顔狩に操られた人々は、傷も痛みも無視して立ち上がって追い縋《すが》ってくるのだ。

町の南北を貫く通りに抜けると、炎の熱気とともに一気に瘴気が襲いかかってきた。

(凄《すご》い数の『大悪魔の血痕』だ……！)

点々と落ちている『大悪魔の血痕』を追って、フィンは、大通りを一路、北に走った。

その先には、眩《まばゆ》い月光を浴びて突き立った二振りの剣のような、城壁の見張り台があった。

あれは、北側に向いている、神聖都市ウィッラのもう一つの城門だ。見張り台のてっぺんには、ちらりと動く影があった。銀色と褐色《かっしょく》がところどころ交ざった、雪を被った初秋の竜ノ巣山脈のような髪の色が、かすかに見えた気がした。

「!」

城門の見張り台に入る扉は、不気味に開いていた。

振り返ると、なんとか突き放してきた操られた人々が、もうそこまで追いすがってきている。フィンは中へ飛び込み、扉を閉めた。誘うように、見張り台へ続く階段には血が落ちている。血に汚れた階段が尽きた先には、輝く月が覗いていた。

悪夢のようないつかの晩を思い出して、フィンはぞっとした。あの夜は、フィンがやっとのことで駆けつけた時には、……もうすべてが終わっていた。

「ヒュー!!」

喉が裂けんばかりに、フィンは友達の名を激しく叫んだ。

空には丸くなりつつある月が浮かび、夜の世界を煌々《こうこう》と照らしている。

見張り台の真ん中には、瞼《まぶた》を伏せたヒューが横たわっていた。

大悪魔の姿は、どこにも見えない。

それでも、フィンにはわかった。

(――奴は、ここにいる)

（――間違いない）

そこら中に『大悪魔の血痕』から生じる瘴気が満ちて、肝心の大悪魔の気配どころではなかった。けれど、それでもフィンはヒューのもとへ駆け寄った。

「ヒュー、無事か!?」

そう呼びかけると、瞳に涙を潤ませたヒューがわずかにこちらを見て呟《つぶや》いた。

「な……、なんで、来たのさ……。フィンの、馬鹿《ばか》……」

フィンがヒューの体にさっと手を当てて調べると、大きな怪我はないようだった。『大悪魔の血痕』に触れた形跡もない。間近で大悪魔の瘴気に当てられて、意識が遠のいているのかもしれない。

そう思った瞬間だった。

月光が、ふいに翳《かげ》った。

「!!」

人間離れした跳躍をして、それがフィンたちに襲いかかってきた。襲撃を避け、ヒューを抱いたまま、フィンはごろごろと地面に転がり込んだ。現れた黒い影はすぐに体勢を変え、猿《さる》のように俊敏な動きで、フィンたちに襲いかかってきた。

「フィン！　僕なんか、置いて、逃げて……！」

「そんなわけにいくか。なにしにここへ来たと思ってるんだ」

「でも、フィンまで殺されちゃうよ」

「そう簡単にはやられないさ。さあ、きみを抱える余裕はないから、自分でしがみついててくれよ……！」

大悪魔は、外套《がいとう》のフードを深く被って顔を隠していた。猛烈な飛び蹴りをかわして駆けながら、フィンは竜骨剣を振るった。しかし、すぐに後手にまわることになった。

「っ……！」

ヒューを抱いたままでは、とても応じきれなかった。竜骨剣を弾《はじ》かれ、あっという間にフィンたちは見張り台の縁《ふち》まで追い詰められた。

だが、敵の攻撃は止まらない。

見張り台の縁を駆けながら激しい攻防が続き、フィンは、ヒューを庇《かば》って抱きしめた。

(だったら、このままやられるよりも、一《いち》か八《ばち》か……！)

下へ落ちてしまった方がいいかもしれない。

「ヒュー！　ここから降りよう」

「ど、どうやって……」

「正確には落ちるってこと！　わたしが下敷きになるから、着地したらきみはすぐ逃げて。

行くよ、ヒュー！」

そう言って、フィンは、ヒューを抱えながら見張り台の縁から跳んだ。その瞬間、フィンたちを襲おうとした大悪魔の恐ろしい腕が、びゅっと空を切る。

見張り台から飛び降りたフィンの体を、ヒューの小さな手が強く抱き締めた。

「馬鹿な……。でも、優しい人。フィン。僕は絶対、あなたを死なせたりしないから……！」

空気を切る落下音の中で、吐き出すような声がフィンの耳に届いた。だけど、言葉の意味はわからない。フィンは目を瞬《またた》いた。

（これは、呪文……？）

ヒューの小さな体がにわかにきらめき、一瞬縮んだかと思えば、次の瞬間にはむくむくと大きく膨らみ出した。華奢だった子供の腕が、強靭《きょうじん》な鋼《はがね》の鱗《うろこ》を持った力強い翼へと変わっていく。

「ヒュー……!?」

フィンは声を失った。

……彼は、ヒューは、まぎれもなく、飛竜の子だった。

ヒューの体は、もう灼熱《しゃくねつ》のようだった。

飛竜へと変化した翼を素早く閃《ひらめ》かせ、フィンを背に乗せて、——ヒューは一転、空高く飛び上がった。

「！」

瞬間、猛烈な竜風《たつかぜ》が起きる。

呆然として、フィンは大きく息を呑《の》んだ。

「ヒュー……！」

まるで大鷲《わし》が空高く飛ぶように、フィンを背に乗せたまま、ヒューは月光の照らす夜空を舞い上がった。地上が一瞬にして遠のき、髪が巻き上げられた。世界が大きく広がり、星が近づく。

眼下の見張り台には、おぞましい影があった。その姿に、フィンは目を見開いた。

（大悪魔……！）

飛竜となったヒューが、唸《うな》るような声を上げた。大悪魔は、ヒューの起こした竜風によって見張り台の縁まで吹っ飛ばされた。上空から激しく滑空《かっくう》する飛竜の背を蹴り、フィンはパッと跳んだ。落下の風を受けながら、竜骨剣を振りかぶる。

（——殺す！　家族の仇を取るんだ……！）

亡き父の竜骨剣を、フィンは強く握り締めた。黒く塗りつぶされた顔をした大悪魔は身を屈め、もう目の前に迫っていた。

だが、その瞬間だった。

『――フィア……』

懐かしい声が、……大悪魔の中からはっきりと聞こえた気がして、フィンは色を失った。

「……!!」

駄目だ。

迷うな。

……いや、斬れない。

……斬りたくない。

……だって、今の声は。

一瞬のうちに、あらゆる思考がフィンの中を駆けめぐっていく。フィンの腕は、石のように固まっていた。とうとう、父から受け継いだ竜骨剣を騎士として振るうことはできなかった。

すると、竜骨剣を振り下ろすことなく着地したフィンの視界が、突然真っ赤に染まった。

黒い影が――大悪魔が手を振り上げ、噴き出すように飛ばしたその血が、目に散ったのだ。

「!!」

それは、まぎれもなく大悪魔の血、『大悪魔の血痕』だった。おぞましい瘴気を帯びた『大悪魔の血痕』を、フィンはじかに食らってしまった。すぐに視界が、ぎゅっと縮む。

「くっ……！」

目の粘膜に入った瘴気に当てられ、フィンは崩れ落ちた。

「うっ、ううっ……！」

その一瞬あとで、飛竜となったヒューが翼で再び猛烈な竜風を起こした。

飛竜と大悪魔とは、この世に生まれた瞬間からの天敵だ。

今は弱っている顔狩は、竜風に打たれ、崩れ落ちるようにして見張り台から落ちていった。

（――お、追いかけなきゃ……）

（――奴を、逃がすわけには、いかない）

フィンは床を這《は》って大悪魔を追った。……けれど。

（――視界が戻らない！）

ジリジリと目の奥が焼け、痛みが不気味に増していく。『大悪魔の血痕』の瘴気が、眼球の奥まで侵食しつつあるのだ。焦った。死が、一瞬にして目の前に襲いかかってくるようだった。

見張り台のてっぺんへ、ヴァルが駆け上がってきた。

「おい、フィン！　ヒュー！　生きてるか!?」

「ヴァル！　僕は無事だ。だけど、フィンが、目に『大悪魔の血痕』を浴びちゃったんだ！　早くなんとかしないと……！」

飛竜の姿から人間に戻ったヒューが、急いでそう答える。ヴァルとヒューが駆け寄ってくる音が聞こえた。でも、フィンにはもう二人の姿を見ることはできなかった。

限界を迎え、フィンの意識は、深い深い谷底へと、まっさかさまに落ちていった。

●

――双子の二人が十三歳となるまで、もうあとわずかとなっていた。

だが、その前に、もっと大事なことがフィンには控えていた。

（……やっと、待ちに待った日がくる。もうすぐこのロカを出て、正規の騎士団に入れるんだ）

そう思うだけで、フィンは久しぶりに心が浮き立つのを感じた。ロカ領は貧しく、荒れ地ばかりで下級悪魔だらけだ。けれど、優しい家族に恵まれ、領民とも仲良くやっている。

故郷のいいところは、よくわかっているつもりだった。

しかし、それでも、フィンはどこかで夢見ていた。

（生まれ故郷を、俺は一度も出たことがない。このままこの辺境にただ骨を埋《うず》めるなんてもったいない真似、俺にはできない。新しい世界に行くことができれば、そこに新しい自分が待っているかもしれないじゃないか。伝統ある名門騎士団に入るんだ。俺に栄達の道がないなんて、誰が言える？）

結果、そうではなかったと夢破れて帰郷する羽目《はめ》になるかもしれない。それでも、挑戦はしてみたかった。失敗を怖《おそ》れて夢見ない方が情けないと、フィンは思った。それに。

（……ようやく、妹《あいつ》と離れられる）

それが、一番大きかった。

いつの間にか、フィンの心はすっかり荒《すさ》んで、妹を疎《うと》むようにすらなっていた。でも、これが大人になるということなのだとも思えた。

ただ、どこへ行ってもどこまで行っても比べられ、劣の判を押されるのはもう我慢ならなかった。妹と違う場所に行ければ、こんなにも妹のことを考えずに済む。ただ妹を愛することだけできる。近くにいるから駄目になってしまうのだ。

（ごめん、フィア。でも、もう俺たちは別れた方がいい。一緒にいない方が、お互い上手《うま》

くやれるんだ）

妹が本心では自分とともに名門騎士団へ見習いとして入りたがっていることを、フィンはよく理解していた。だけど、手助けをしてやる気にはなれなかった。都会の騎士団でまでベッタリなんてことには、とても耐えられそうにない。

名のある騎士団で認められ、フィンが一人前の騎士となって故郷に戻ってくる頃には、あの武勇自慢の妹もどこかへ嫁に行っていることだろう。そうすれば、またフィンたちはわだかまりのない幸せな双子に戻れる。

（フィア。俺はおまえの幸せを、心から願ってる。だから……）

だから、今は別れが必要なのだ。

その夜は、幾望《きぼう》と呼ばれる月が昇っていた。十四夜。満月の前の晩に上がる月だ。月が完全な円を描くまで、あとたった一日。さらに膨らんでいくこの月は、希望の象徴だと帝政ドラゴニアでは考えられていた。

都会へ出発するのは、満月の晩を家族とともにすごして、その翌日だ。ささやかながらも祝宴を開こうと、ロカ城は準備で騒がしくなっていた。どこへ行っても『主役は当日のお楽しみを見ちゃいけません』と仲間外れにされ、フィンは、なんとなく中庭にある厩へと出た。

　すると、厩の手前の作業小屋に、妹の姿があった。

「フィア……？」

　驚いて声をかけると、妹はフィンの馬具を手入れしているところだった。妹は、顔を上げてこちらを見た。

「ああ、兄上。どうしたの？」

「いや……。なんだか城があわただしくて、居場所がなくってさ」

　妹は、困ったように優しく微笑《ほほえ》んだ。

「明日は兄上のお祝いだもの。しょうがないよね。みんな、兄上が立派な騎士様になって帰ってくるのを楽しみにしてるんだよ」

「あ……」

　思わず、フィンは頭を掻《か》いた。

「……ごめんな。おまえも騎士見習いになりたかったのに、なんの力にもなれなくて」

　罪悪感に胸がちりちりと痛み、フィンは妹に頭を下げた。妹は首を振った。

「しょうがないことだもん。わたしの夢は、兄上に叶えてもらうよ」

「……あのさ、最近来た、例の縁談の話はどうした？　受けるのかい」

「まさか。結婚なんて、ごめんだよ」

べっと赤い舌を出して言い、それから妹は笑った。

「……わたし、大きくなっても結婚はしないつもりなんだ。向いてないもの。どう頑張ったって、とっても母上のようにはできそうにないよ」

「え……？　本気か？　まだ子供なのに、そんなこと決めなくても……」

フィンがそう言うと、妹は少し寂しそうに苦笑した。

「気を遣わないでよ。兄上だってそう思うでしょ。わたしみたいな馬鹿みたいに強い跳ねっ返りは、お嫁に行ったって、どうせ出戻るだけだもの。家族や兄上に恥をかかせちゃうよ」

『馬鹿みたいに強い跳ねっ返り』。それは、いつか妹にすげなく振られたどこかの若者が叩いていた陰口《かげぐち》だった。妹は、明るく続けた。

「……ほら、竜ノ巣山脈の深い森に、変わり者のおばあさんが住んでた小屋があるでしょう。あそこで、下級悪魔の見張りでもしながら一人で暮らすつもり。結構役に立てると思うんだ。強力な下級悪魔が出たらすぐに報《しら》せるから、任せてよ」

「フィア……」

近頃はとんと湧かなくなっていた妹への愛着が、一気にフィンの胸にあふれた。憐《あわ》れな妹を、フィンは強く抱きしめた。フィンの腕の中で、妹は、照れたように言った。

「やだ、なぁに？　しんみりしなくったって大丈夫だよ。だって、好きでそうするんだ。わたし、そこまで弱くないよ。自分の生き方くらい、自分で決められる」

「いや、でも……。ごめんな、フィア。……俺は、おまえになんにもできなくて」

「なに言ってるの？　兄上。わたしたち、双子じゃない。一応兄上がお兄さんだけどさ、おんなじ時に生まれたんだもの。どっちが、なんてないよ。自分のことは、自分で決めようって、いつも言ってるじゃない。兄上が、わたしのために我慢しなきゃいけないことなんか、なんにもないよ」

妹はそう微笑んだ。

だけど――ずっと一緒だった双子の二人の道は分かれ、もうお別れだというのに、結婚もできないかもしれないくらいに強くなって、でも、そのことが妹の人生を幸せにはしそうにないというのに、フィアはなにも知らない。

「……違うんだ。違うんだよ、フィア。おまえが、そんなにも強くなっちゃったのは……」

「兄上……？」

不思議そうに、妹がフィンの顔を見上げている。押しつぶされそうになって、フィンは、長年ずっと胸に秘めてきたあの重苦しい事実を——妹の過酷《かこく》な運命を、打ち明けた。それが、そのことが、こんなにもこの双子を苦しめたのだ。

「ずっと隠しててごめん。……ロカ辺境伯であるこのグラウリース家には、秘密があるんだよ」

フィンは、妹をさらにきつく抱きしめた。

「おまえには、兄妹《きょうだい》の中でもっとも過酷な運命が与えられていた。グラウリース家に生まれた、二番目の子は、みんな……」

「ああ、二番目の灰色山羊《やぎ》のこと？」

フィンの人生の重石《おもし》である言葉をあっさりと口にした妹に、フィンはぎょっと息を呑んだ。言葉を失っているフィンに、妹は続けた。

「それなら、ずっと前から知ってたよ」

「え……？」

「だって、おかしいでしょう。グラウリース家の家系図を遡《さかのぼ》ると、二番目に生まれた子供のほとんどが夭折《ようせつ》してるんだもの。こっそり生《い》け贄《にえ》の儀式かなんかが受け継がれてるのかなぁと思ってた。だからね、小さい頃に、わたし、父上に言ったの。わたしを、兄上の妹にしてくれって」

妹がなにを言っているのかわからなかった。ただ、いつも聞いている自分とそっくりな声だけが、耳を素通りしていく。嫌な汗が湧き出て、じんわりと背を伝った。息を詰めているフィンに、妹は残酷《ざんこく》にも——気丈にこう続けた。

「二番目の灰色山羊の宿命はとても悲しいものだけど、誰にも変えられないもの。どうしようもないことなら、自分が命の危険を背負った方がずっと気が楽だと思って……。だから、騎士になる夢は、兄上にわたしの代わりに叶えてもらうよ。わたしは、兄上のそばで、兄上のことをずっと守るから……」

妹が、呪いのような言葉を吐く。だけど、途中からフィンにはなにも聞こえていなかった。ただ、心がぐしゃぐしゃに汚れていく音だけが聞こえていた。

（……ああ、そうか。だから、こいつは昔、俺のことを『フィン』って呼んでたんだな……）

遠い記憶がよみがえる。妹が最初に話した言葉だけが、妙に思い出に残っていた。こいつは確かに昔、自分を『兄上』ではなく、『フィン』と呼んでいた。

（そうか……。そういうことだったのか……）

フィンのすべては——妹が用意し、妹が地均《じなら》しした上にあるものだった。下の弟妹《きょうだい》にこの運命が当たっていたら？　優しい妹は、やっぱり同じようにしただろう。このフィンにしたように……。

（――俺が！　俺が二番目の灰色山羊だったら！）

不謹慎だと思いながらも、そう考えたことは幾度かあった。そうすれば、妹の代わりに死線をいくつも掻《か》い潜《くぐ》って、妹のように強くなれたのは自分だったのだ。

（――なのに……、妹の奴に、俺は、俺の人生を盗まれた）

そう、盗まれたのだ！

（――いや、そんなことない！）

（――フィアは悪くない）

（――俺を、守ろうとしただけなんだ）

（――だけど、俺は、俺の妹が……。フィアが、心から憎い）

ガラガラと、自分の世界が崩れていく音が、フィンの耳に響いていた。

（――妹に、消えてほしいのかい）

いつかの問いが、ふいに脳裏によみがえった気がした。今度のフィンは、素直に頷いた。

妹のいない世界に行きたかった。今すぐにでも。

（どうして……、夢を見る時はこうなんだろう……）

夢の中にいるのに、フィンはなぜか、自分が眠っているのだとはっきりわかっていた。

体が重く、空気が粘度を持って、上手く動けない。

それでも、夢の中で、フィンは、どこか遠くへ走り去っていく、双子の兄――フィンの背中を追いかけていた。

思うように、口が開かない。

それでも、きっと兄には届くはずだ。

だから、なんとか振り絞るようにして叫んだ。

（兄上！　兄上！　待って！　わたしだよ……！）

なのに、必死になっていくら呼んでも、ずっと前を歩いている兄に、振り返る様子はなかった。

いつも、兄は自分に優しかった。

自分が怪我をしたら心から案じてくれたし、子供が戯《たわむ》れにする痛み消しのおまじないをかけてくれた。一緒に肩を並べて、ロカを襲う下級悪魔と命を懸けて戦った。

だから、いつだって、兄の安全をなにより一番に守り続けてきたつもりだった。

だって、……兄は、自分の憧《あこが》れだったから。

自分の夢を、代わりにすべて叶えてくれるはずの人だったから。

それなのに。

(なんで……？)

きっと兄には、聞こえているはずなのに。

いつだって、優しい兄の背中を追いかけてきた。だけど、追いつく前に、兄は誰かに殺されてしまった。その誰かは、真っ黒な顔をしていた。

(きさま……！　よくも、兄上を……!!)

追いかけて追いかけて、そいつを倒そうとした。振り返ったそいつは、考え得る限り最悪の、とてもおぞましい顔をしていた。

……それは、自分自身の姿だった。

「——ッ……！」

あまりの恐ろしさに力いっぱい悲鳴を上げて、自分の声で目が覚めた。

「!!」

その瞬間、思わずぞっとした。部屋一面が、煙と焼け焦《こ》げる臭気に満ちていた。

轟々《ごうごう》と渦巻く黒煙の向こうに見えるのは、熱の通わない冷たい石造りの壁だった。

「こ、ここは……」

ずっと、生まれた時から暮らしていた、自分の部屋だ。

そう悟った瞬間、全身がぞっと総毛立った。

ロカ城。

恐ろしいくらいにオンボロだった城。この古城のある我が領地が今、大悪魔の襲撃を受け、窮地に陥《おちい》っている……。

ベッドから跳ね起きて、すぐに剣を手に取った。

急いで……、急いで行かなくちゃ、みんな死んでしまう。

「み、みんな、今行くから……！」

悪夢の夜が怖いほど鮮明によみがえって、思いきり駆けた。今までの日々はすべて泡沫《うたかた》の夢で、自分は今なお焼け落ちようとしているロカ城にいるのだろうか？

だけど、夢の中を行くように——まるで本当は間に合いたくないというように、足が絡んで、思うように進まなかった。

（……どうして……!?）

自分で、自分の内部にある、おぞましいほどの悪意を疑う。

恐ろしい自問自答が始まった。

自分は――自分という人間は。

(――……もしかして、本当はやっぱり、知っていたんじゃないの?)

(――みんな死んで、自分だけが生き残って)

(――そうしたら、ずっと憧れてた竜騎士大ペンドラゴンを見つけ出して、弟子《でし》になれるって……)

もし、そうだとしたら。

あまりの恐怖に吐き気を催《もよお》し、苦い涙を流しながら、それでもフィンは駆けた。誰かに追いつきたい。どこかに駆けつけたい。その思いで一心に……。

「――ッ……!」

また、獣《けもの》のようになにかを叫んだ。自分でも、自分がなんと叫んだのかわからなかった。

自分の声が、体の中で強く大きく響き渡った。

「……!!」

目を開けてみると、いつの間にか、またベッドの中で寝転んでいた。

大きく肩で息をしながら、体を起こしてまわりを何度も確認してみると、ヒューの小さな横顔があった。フィンは、やっとのことで安堵《あんど》の息をついた。

(馬鹿な……。いつまで経《た》っても、悪夢に夢中で、足もとがおろそかになってる……)

無我夢中で叫んだことが、功を奏したらしい。自分の声に救われ、悪夢に囚《とら》われずに現実に戻ることができたようだ。深く大きなため息を吐いて、それからフィンは、小さなヒューの寝顔を見た。

(この小さな子供が、飛竜に変身したなんて、今でも信じられないな……)

すると、ゆっくりとヒューが瞼を上げた。

「ん……。……なんだ、フィン、起きてたの?」

「うん、ちょうど今ね。ここはどこ?」

「ウィッラ騎士団の詰め所だよ」

「それじゃ、ヴァル先生は?」

「ヴァルは、顔を盗まれた人たちをみんな捕まえたんだ。だけど、そのせいで竜騎士ってことがこの町の連中にバレちゃってさ。今、領主様や騎士団長と話してるところだよ。町は滅茶苦茶だし、どうも、逗留《とうりゅう》を乞われてるみたい」

「そう……」

フィンはそう呟いて、目もとに手を当てた。

それから、はっとしてヒューを見る。

「わたし、目に『大悪魔の血痕』を浴びたはずだったんだけど……」

しかし、フィンの目は、以前と変わらずに見えている。ヒューも頷いた。

「うん。いつあなたが下級悪魔に変わってもおかしくないと思った。最低でも失明は避けられないと思ったんだけど、よかった。目にも体にも異常はないみたい。だけど、これはいったい、どういうわけなんだろう？」

「わたしにもわからない」

フィンは静かに首を振った。

その途端、突き刺すような頭痛が鋭く走った。

（――嘘《うそ》）

（――わかっているくせに）

心の中で、誰かが呟いた気がした。

フィンが俯《うつむ》いていると、ヒューがふと言った。

「……僕に、なにも言わないの？」

「え？」

「いや、ほら。……見たでしょ。僕の、その……」

ヒューが、言いにくそうに口ごもっている。フィンは微笑んで答えた。

「そうだな。とても綺麗な姿だと思ったよ」

「本当？」

「うん。きみの背中に乗せてくれてありがとう。わたし、一生忘れないよ」

今生《こんじょう》の別れを告げる挨拶《あいさつ》のような台詞《せりふ》に、はっとヒューは顔を上げた。

「フィン！　まさか……」

驚いているヒューに頷き、フィンはベッドから出た。そして、詰め所の壁に立てかけられていた自分の竜骨剣を手に取った。

「あの大悪魔を一人で追いかけるつもり？」

「奴は、まだ生きてる。でも、弱っているはずだから、そう速くは動けないだろう。今すぐ『大悪魔の血痕』を追いかければ、今度こそ決着をつけられるはずだ」

「だけど、ヴァルは？」

「ヴァル先生には、ヴァル先生の役割がある。どうやら、彼は戦いとは離れられない運命らしいね。もう少しわたしが働いて楽させてあげられたらよかったんだけど。竜騎士には、お休みは許されないようだ」

初めて会った時のヴァルは、不敵な不届き者で、ものぐさな呑み助だった。大悪魔についてフィンが語ったというのに、彼は竜騎士だというのに、協力しようともしない。けれど、彼もまた、竜騎士という運命からは逃げることができないようだ。フィンが、自分の大悪魔から逃れられないように。

するとやれやれとばかりに、ヒューは首を振った。

「……やっぱり、ヴァルになんにも言わずに行くんだね。僕、こうなる気がしてたんだ。フィンにずっとついていてよかったよ」

「え？」

フィンが首を傾《かし》げると、ヒューは、意を決したように立ち上がって微笑んだ。

「僕も行くよ、フィン」

その言葉に、フィンはうろたえた。あわててヒューを押し留める。

「ま……、待って、ヒュー。わたしがこれからやろうとしているのは、大悪魔退治だよ。今度こそ奴も本気だ。ほとんど必ず殺されると思う。それをわかって言ってる？」

「わかってるよ。だって、魔術屋はこの世の誰よりも大悪魔の怖さを知っているんだ。でなければ、魔術屋を名乗ることは許されないもの」

「だけど……」

「それに、フィンは鼻が利かないじゃない。フィン一人で行って、『大悪魔の血痕』を見失っちゃったらどうするのさ」

「……」

少し迷ったが、フィンはヒューに言った。

「ごめん、ヒュー。正直に言って、きみは足手まといだし、邪魔だ。今度ばかりは、きみを庇う余裕はないと思う。だから、ついてこないでくれ」

冷たく言い放とうと思ったのに、声が震えた。すると、ヒューもわざと明るい表情を作って、まるでなんでもない冗談を言い合うみたいに答えた。

「本当に頭が固いなあ、フィンは……。だから、僕も行くんだよ」

「え？」

「僕がいれば、フィンは勝手に死ねないでしょ。だって、フィンが死んじゃったら、僕も絶対殺されちゃうもん。フィンは優しい騎士だから、そんなの嫌でしょ」

黙りこくったフィンを尻目に、ヒューはさっさと出発の準備を始めた。フィンより先に詰め所の戸口に立つと、呆気《あっけ》に取られているフィンに言った。

「ほら、早く行こう。大悪魔が化外の地にまで逃げちゃったら大変だよ」

「ヒュー！　待ってよ、ちょっと……」

坑道へと続く道を、二人はゆっくりと進んでいた。

そんな場合ではないというのに、フィンは目の前の光景に圧倒されていた。剣《つるぎ》のように鋭く青い霊峰《れいほう》がいくつも連なっているのが、竜ノ巣山脈だ。そして、漆黒《しっこく》の岩肌を輝かせているのが、別名死の山とも呼ばれる、巨人山脈である。

それら険しい山々の交わる地点には、かつて滅んだ大国ウィッラが築いた坑道が長く続いている。坑道の分かれ道の中には、塞がれずに化外の地へ続いているものがあるという。

「……わたしの故郷にも似た話があったよ。夕暮れの竜ノ巣山脈が大地に落とす影は大悪魔で、その影を踏んではいけないってのがさ」

「そう」

こくりと頷き、ヒューは続けた。

「僕……、いつかあなたの故郷に行ってみたいな」

坑道を目指す山道は、さすがに黄金の採掘で栄えたというだけのことはあった。一時は、馬車がすれ違えるほどの広さが確保されていたのだろう。森に呑まれかけている今も、そう道に足を取られるということはなかった。

山道には、いくつかの『大悪魔の血痕』がほとばしって落ちていた。それらを浄化の炎で燃やし、フィンたちは、やっとのことで坑道の入り口へとたどり着いた。

「……四花雨《しのはなさめ》が降っているね」

夜空を見上げたヒューが、そう呟いた。確かに、白く輝く美しい粒が、空の彼方《かなた》からゆっくりと降り始めていた。神聖都市ウィッラで出た死者たちの魂《たましい》が、空に還《かえ》っているのだろう。

フィンは、坑道の入り口のそばで夜を明かそうとヒューに提案した。

「ちょっと、お茶でも淹《い》れようか」

「わかった。わたしが黒峰《くろみね》川で水を汲《く》んでくるよ。ヒューはここで待ってて」

そう言って、フィンは立ち上がった。

いつの間にか、空には満月が昇っていた。温かい薬草茶を飲んで夕食を済ませると、焚《た》き火を燃やしながら、二人は静かに時を待った。

どれだけ時が経っただろうか。不思議と明るい今夜の満月の夜空を眺めながら、フィンは、わざと喋らずにいた。沈黙が、尾を引くように長く続く。……そのうちに、ヒューの吐息は規則的になっていた。

小さく息を吐いて、フィンは、ぐっすりと眠り込んでしまったヒューを見つめた。

(……ごめん、ヒュー。やっぱり、きみを連れていくわけにはいかない)

フィンは、心の中でヒューの寝顔に謝った。

以前に聞いた、ヒューの外套についている眠り効果のある薬草を、フィンは彼の飲み物に混ぜたのだ。

母親からもらったという外套で包んでやると、フィンは、ヒューの小さな体を大振りな木の枝の上に固定した。落ち葉を少し落とすと、もうすっかり木の瘤《こぶ》と見分けがつかない。深い愛情に満ちた、本当によくできた外套だった。

音もなく地に降り、フィンは、ヒューに別れを告げた。

(きみがついてきてくれると言ってくれて、本当に嬉《うれ》しかった。ありがとう。だけど、これはわたしの戦いだ。できることなら、そんなに悲しまないで。……さようなら、ヒュー)

そっと、フィンはヒューのそばを去った。

夜は、悪魔と名のつくモノたちの時間だ。今なら、きっと奴を見つけることができるだろう。フィンは、闇の中にぽっかりと口を開けた坑道の入り口に立った。持ってきた松明《たいまつ》に火を灯《とも》していると、その炎が不気味にゆらゆらと揺れた。

「……」

あたりの空気が、坑道の内部へ向かって音もなくすうっと吸い込まれていくようだった。狭い坑道を吹き抜けていく生温い風が気味悪く唸《うな》り、まるで、誰かの悲鳴のように聞こえた。

……それは、兄の歌う吟唱の声のようでもあった。

(――兄上……)

神聖都市ウィッラの詰め所で見た、あの現実が混濁《こんだく》するような、おかしな夢。

夢の中で、自分は兄の背中を追いかけていた。

フィンは、今までずっと、顔狩を追いかけてきたと思っていた。だが、奴は逃げているようで、本当はずっと、フィンを喚んでいたのかもしれない。

ふいに、フィンの耳に、ヴァルがいつか言っていた言葉がよみがえった。

『俺にはおまえの大悪魔は倒せないぜ』

『どうせ、おまえの大悪魔だ』

フィンは、眉間《みけん》に皺《しわ》を深く寄せた。

(ヴァル先生は、わたしにいったいなにを言いたかったんだろう……)

フィンの胸に、ふと、なにかが引っかかった。

(――わたしの、大悪魔……)

『大悪魔の血痕』をもろに浴びても、変化のなかったフィンの体。

それらは、いったいなにを意味するのだろう。

そして、ロカを滅ぼした大悪魔を喚んだのは、いったい誰だったのか。

(――本当にわたしがロカに大悪魔を招いてしまったのだろうか……)

……それとも、他になにか答えがあるのか。

それ以上考えるのが怖かった。そして――孤独だった。

けれど、恐怖を振り払い、フィンは一人、暗い坑道の中へと飛び込んだ。

●

ロカ城の書斎にフィンがフラフラと現れたのは、翌日の夕暮れのことだった。一歩踏むごとに闇は深くなっていき、書斎からは、竜ノ巣山脈の影が描くあの大悪魔の饗宴《きょうえん》が見えていた。フィンたち兄妹からは生け贄を獲《え》られそうにないことに腹を立てているのか、大悪魔の影はいやに不穏な姿に映った。

(――俺は、身のほど知らずの愚《おろ》か者なのだろうか?)

その自罰《じばつ》の声が、なにより自分を痛めつけた。

誰でもいい。ただ、なにかに縋りたかった。もうこんな思いを抱えて、生きていきたくはなかった。

(──あの恐ろしい大悪魔の影を踏んで、……このロカからいなくなってしまいたい)

そうできたら、どんなに楽になれるだろう?

(──なにもかも捨ててしまいたい。みんな、みんな、いなくなればいいんだ……)

自分がなにを考えているのか、自分でもわからない。

ただ、自分を救ってくれるなにかを探して、とっくにすべて読み尽くしたはずの文献をフィンはひたすら漁《あさ》っていた。

どれだけの時がすぎただろうか。……いつの間にか、黄昏《たそがれ》の中に、不気味な満月の光が混じっていた。まだ夕日は沈みきっていないというのに、満月が姿を現したのだ。

その時だった。フィンの視界の外で、竜ノ巣山脈の作る大悪魔の影が、ぶくぶくと不気味に膨れ上がった。月光に真っ黒な雲が差し、書斎にあふれていた赤い光が翳る。フィンがぼんやりと手にしていた本の頁《ページ》に書かれた、いくつかの魔術言葉を、赤い満月の血のような色が切り取って照らした。フィンは、ゆっくりとその呪文のような文字をなぞった。

「……も、とめ、よ……。さ、すれ、ば、なんじ、の、のぞみ、を、かなえる、ため、われ、あらわれん……」

　他人のように自分が語るその声を聞いた瞬間、フィンは大きく目を見開いた。これ以上、文字を追っちゃ駄目だ。だけど、そう思うのに、呪文を読む唇は、止まってはくれなかった。

「……いで、よ、わが、まこと、の、とも、よ……やみ、の、なか、より、いま、こ、……」

　その先を唱えようとして、フィンはあわてて口をつぐんだ。

　……しかし、もう遅かった。

　禍々しい月光に伸びたフィンの影が、一気に裂けて広がった。

「!!」

　フィン自身は微動だにもできなくなったというのに、フィンの影の腕が、勝手に動いた。

　その実体のない黒い腕が、フィンの白い首筋へと絡みつく。

　誰もいないはずの書斎で、フィンの耳もとに、甘く低い優しい声音《こわね》が響いた。

「……やあ、フィン。わたしを喚んでくれてありがとう。ようやく逢《あ》えたね。我が真《まこと》の友よ。わたしが、きみの心からのその願いを、叶えてあげよう」

「――!!」

フィンは、目を見開いた。

(――俺の、願いを)

「そう、きみの願いを」

(――駄目だ、そんな願いを)

「そんなことはない。だって、きみは、選ばれし者なのだもの」

(――俺が、選ばれし者だって?)

「そうだよ。わたしはずっときみを待っていたんだ。きみだけをね」

(――聞くな！　これは大悪魔の誘惑だ)

(――だけど、この大悪魔は……)

(――俺の、願いを……)

(――焼けつくような、この、俺の、願いを……！)

たった一人知って、気にかけてくれている。誰も知らない、苦しみと悲しさに満ちたフィンの本当の顔を見てくれているのだ。

震えながらも目を離さないフィンを見て、顔一面を口にしたようにして、大悪魔はニタリと笑った。

「さあ、きみの願いを言って。愛《いと》しいわたしのフィン」

どこからか、ずっと、水の滴《したた》る音が響いている。

いくつもの分岐があるというこの坑道は、竜ノ巣山脈の北端を縦横に掘られている。赤々と光る炎を燃やした松明を持って、フィンはゆっくりと、坑道を進んでいった。あっという間に、入り口は見えなくなった。入り組んだ坑道のせいで、すぐに方向感覚が失われた。

最初は下っていると思っていた。けれど、やがて、フィンは坑道を緩く登り始めていた。山の奥から水が湧いているのだろうか。どこからか、水が流れてきていた。

すると、ふいに、松明の炎が揺らいで消えた。

「！」

急に視界が暗んで、フィンはあわてた。すぐにもう一度松明に火をつけようとしたのだが、すでに松明は坑道の湿気をたっぷりと吸って使い物にならなくなっていた。

（しまった。もっと明かりの用意をきちんとしてくるべきだった）

フィンはそう舌打ちしたが、不思議なことに、あたりはまったくの暗闇にはならなかった。

（どこからか、光が……？）

それは、炎ほどの強い光ではなかった。だから、この薄明に目が慣れても、陽光の下にいる時のような色彩が視界に戻ることはなかった。それなのに、目を凝《こ》らさなくても行く先の坑道は薄っすらと見えている。じっとあたりを観察していくうちに、光の正体に気がついた。

（これは……）

フィンは、目を見開いた。

黄金のかけらが、光もないのに自らほんのりと淡く輝いているのだ。それは、亡国ウィッラを惑わせた、まさに悪夢の輝きだった。禍々しい眼を光らせたいくつもの顔がこちらを見ているような気がして、フィンはぞくりとした。

（……駄目だ。自分の中の恐怖に脅かされている場合じゃない。落ち着け。ただの黄金じゃないか）

フィンが頭を振って、さらに坑道を進み始めた時だった。

ふいに、なにか音が聞こえた。

静かに、だが、確かに、規則的に響いてくる。

それは、長靴《ちょうか》が地面を踏む音だった。貴族が騎士として戦う時に履《は》く、戦闘用の長靴だ。高く細い音に、ほんのわずかに混じる水音。その足音は、徐々《じょじょ》に着実にフィンのもとへと近づいてきた。

（誰……）

恐怖に耐えきれずに、フィンは、竜骨剣を抜いた。狭い坑道での戦いだから、刀身のある竜骨剣では不利かもしれない。どう戦おうか冷静に考えながら、フィンは足音の方へと向かった。固唾《かたず》を呑んで、ゆっくりと坑道を登っていく。

（……奴が、来る）

顔が、あの夜に焼け爛《ただ》れた時のように、ジリジリと熱を帯び始める。うるさいほどに、心臓がどくどくと疼《うず》いていた。

騎士として、顔狩を討つ。この瞬間のために、フィンは生きていた。気がつけば、フィンの顔は燃え上がるように熱くなっていた。

「……！」

しかし――、次の瞬間には、頭から戦闘計画が飛んでいた。

あることに気づいて、フィンは、大きく目を開いた。

その目の中に、どんどん熱い涙が滲《にじ》み、あふれていく。

大悪魔は時に、想像し得る最悪の姿を取って現れるものだという。フィンは、体がガタガタと震えるのを感じた。

（この……、足音……）

懐かしく、愛《いと》おしく、しかしどこか、……疎《うと》ましく、嫉《ねた》ましく、憎くさえもあった。飽《あ》きるほどにそばにいた。一心同体のようだった。

もっともそばで生まれたのに、今はもう、もっとも離れたところへいってしまった。

……フィンの胸に、生々しい痛みがよみがえった。

（ああ……。そうか……）

どこかで、ずっと予感があった。

けれども、認めたくなかった。

今になって、フィンは、ようやく納得していた。

わたしの大悪魔は、その姿なのか。

フィンは声を上げて泣いた。

（そうか……。わたしの戦いの場には、あなたが、来るのか……）

視界が、熱い涙に歪んで、霞《かす》んでいた。

坑道を降りて現れたのは、――予想していた顔だった。

悲しさと、嬉しさと、懐かしさが入り混じる。熱い涙があふれて、フィンの頬を叩いた。

フィンは、その少年を、そっと呼んでいた。

「……兄上、なの……?」

世界でただ一人、自分と同じ顔を持つ少年。

自分自身より自分自身で、フィンが、いつも自分よりも大切にしてきた。だって、彼は……フィンが誰より憧れた、愛しい人間だったから。

あの憎い顔狩と同じ分厚いローブに身を包み、首にはぐるぐると厚布を巻いて、兄《フィン》は、愛情に満ちた瞳で妹を見た。

「ああ、おまえ、やっぱり来たんだ……。そう、結局死ななかったんだね」

愛しかった、あの美しい声が響く。

(――兄上)

(――生きて、る)

(――生きて、た)

ずっと、兄の息吹をこの世界のどこかに感じていた。やっぱり、兄は死んでなどいなかったのだ。

フィンは、ほとんど竜骨剣を下ろして、兄の顔をした大悪魔を見つめていた。大悪魔は、くすくすと笑って、フィンを見下ろした。

「……俺の正体を察していたんだろうに。心優しいおまえのことだから、自ら死を選ぶと思っていたよ」

兄の優しい顔立ちから、恐ろしく残酷《ざんこく》な言葉が紡《つむ》がれる。信じたくなかった。フィンは、今にも竜骨剣を振り落とし、自分で自分の耳を塞ぎそうになった。

「だけど……、やっと逢えたんだから、これでよかったのかな。俺、ずっとおまえに逢いたかったんだよ」

慈《いつく》しむような兄の声で、顔狩が笑う。

「俺の首を、こんなにしてくれちゃってさあ……。はらわた煮えくり返るぜ、まったく」

そう言って、兄の顔をした顔狩は、首に巻いた厚布をくるくると解いていった。その下には、――あの夜つけた、深い深い剣の傷跡が、癒《い》えずに赤々と走っていた。大悪魔の瘴気を帯びた血が、つうと流れ出す。

「やってくれたよなあ。痛くて痛くてたまらなかったんだ。この傷をつけたおまえがその魂をくれないと、この血は止まらないんだよ。当然、愛する兄上を助けてくれるよな？　我が愛しい妹よ」

一瞬俯き、フィンは、ゆっくりと悟った。

（……顔狩の奴は、兄上の顔を剝がして、自分の顔に挿げたんだ……）

顔狩。顔貸《かおがし》。……顔剝《かおは》がし。

確かにこれは、討つべき人間の宿敵だった。


蛇《へび》のように曲がりくねった坑道の中で、双子の二人は、手に剣を構え、向かい合った。

フィンが持っているのは、父から譲り受けた竜骨剣。兄が持っているのは、いつも彼が下級悪魔退治に使っていた、兄妹揃《そろ》いの長剣だった。

生涯《しょうがい》の仇敵《きゅうてき》に向かい合うように、二人のフィンは、視線を絡ませた。

恐怖を振り払うようにして、フィンは叫んだ。

「顔狩め……！　絶対に許さない！」

「おお、怖い怖い。おまえの方がよっぽど、悪魔みたいな形相だよ」

兄の声で、顔狩は笑った。

故郷にいた頃のように、二人の決闘が始まった。何度も何度も、幼い頃から二人はこうして剣を交え合った。しかし――手にしているのは、互いに練習用の剣ではない。敵を殺すための鋭い刃《やいば》だ。

狭い坑道の中で、二人の剣が、何度も刃をぶつけ合った。星屑《くず》が夜空を滑るような美しい剣筋は、まさしく兄の技だった。

思わず、フィンは叫んだ。

「きさま！　兄上の剣技を使うな……！」

「なんでさ？　自分のものを自分で使って、なにが悪い？」

「おまえは、兄上なんかじゃない！　わたしの兄上は、フィンは……っ」

悲痛な妹の叫びに、少年フィンは皮肉な笑みを浮かべた。

「おっと、おまえがその名で俺を呼ぶの？　だって、フィンって、おまえのことだろう？　兄の名前と人生と竜骨剣を盗んでさぁ、見下げ果てた奴だよ」

「ち、違う！　わたしは、大悪魔《おまえ》の襲撃を避けるために名前を変えて……」

「へえ。大悪魔を避けるために、俺の名を名乗って、俺たちが二人で憧れていた竜騎士大ペンドラゴンに弟子入りしたっていうの？　……この兄の屍《しかばね》を越えて立ち上がることにしてよかったね。俺が受け継ぐはずの竜骨剣を盗み取って、自分が騎士になるのをずっと夢見ていたもんなあ！　おまえは」

「……っ」

「この泥棒！　卑《いや》しい、嫌らしい、惨《みじ》めな盗っ人め！　こうなって、さぞ満足だろう？」

内心をすべて見透かされているようで、フィンは唇を強く噛んだ。

そうだ――自分はずっと、思うがままにこの竜骨剣を振るってみたかった。そして、立派な騎士になりたかった。

だけど、だけど。

「……だけど、この兄上は、あれからずっと、とってもとっても痛かったんだぞ。おまえに癒《いや》してもらうのを、ずっと待っていたのに」

「兄上は、あの夜死んだんだ。顔狩の手にかかって……」

「そう、そうだよ。俺はね、わずらわしい肉体の縛りから離れて、人間にはないものを手に入れたんだ」

そうせせら笑って、それから兄の顔をした大悪魔は言った。

「それが、大悪魔に魂を売るっていうことなんだよ。わかる？　フィア。今は、この俺が、おまえの兄上のフィンなんだよ」

「そんなの、信じるもんか！」

なにもかもが読まれているようだった。フィンが竜骨剣を振るえば、同じように兄が攻撃を返してきた。父に教わった下級悪魔退治のための剣技は、冴《さ》え渡る月光のように鋭く美しく、何度も互いの白い肌を斬りつけ合った。両者は互いに一歩も譲ることがなかった。

徐々に速度を増す斬り合いを楽しむように、大悪魔は喉を鳴らした。

「あいかわらずやるなあ、可愛《かわい》い俺の妹よ。……ほら、追っておいでよ」

顔狩が曲がりくねる坑道を逃げていく。坑道は、どんどん上へ上へと勾配《こうばい》をつけていった。フィンはそれを追って走った。

坑道が尽きて、外気が体に吹きつけた。

亡国ウィッラが掘った坑道の分かれ道は、竜ノ巣山脈の神気に惑わされてあらぬ方向を走り、山中へ出口を切り開いたものも少なくないという。気づけば、フィンたちは、その一つに抜け出ていたようだ。

山中の開けた場所まで飛び出して、フィンたちは再び向かい合った。

生温かく、不吉な、坑道の奥に続く化外の地から吹く夜風。血と生命の混じった独特の臭気。それらを等しく照らす、満月の光。月光の下で、兄の顔をした大悪魔が微笑んでいる。

「さあおいで、我が妹よ」

「黙れ！　わたしはおまえの妹なんかじゃない！」

大悪魔とフィンは、再び竜骨剣で激しく斬りつけ合った。

すると、ふいに猛烈な竜風が吹いた。夜空を切り裂くような激しい咆哮《ほうこう》が響く。それは、人間の声ではなかった。けれど、確かにフィンを呼んでいた。

はっとして、フィンは声のした方を見た。その瞬間、兄の剣の切っ先が頬を掠《かす》める。血が噴き出し、フィンは目を細めた。その視界の向こうで、闇に閃《ひらめ》く力強い琥珀《こはく》色の翼が見えた。

それは、子供の飛竜だった。

(あれは……、ヒュー……!?)

もう目が覚めたのか。しかし、飛竜の姿になったヒューは、戦うフィンたち双子を見て、戸惑っているようだった。

あわてて、フィンは叫び声を上げた。

「来るな！　ヒュー！　こいつは、大悪魔だ……!!」

「助けて！　ヒュー！　こいつは、大悪魔だ……!!」

二人の双子が、同時に叫んだ。

フィンが激昂《げきこう》してにらみつけると、顔狩はニヤリと笑った。

「なんだよ。おまえって、そんなに優しい奴だったっけ？　あの夜は、家族の死体を踏みつけて俺に斬りかかってきたくせに。今夜もまた、あの幼い偽飛竜の友達の死体を足蹴にして、俺を殺そうとすればいいじゃないか」

見つめた。

「きさま……！」

猛烈な怒りに、フィンは叫んだ。力をありったけ込めて斬りつけようとしたのだが、すんでのところで避けられてしまう。怒りと憎しみに満ちたフィンは、燃える瞳で兄の顔を見つめた。

（……惑わされるな！　顔狩をこの手で屠《ほふ》ると、ずっと誓ってきたじゃないか……！）

強く自分に言い聞かせ、これまで以上に速く深く、フィンは敵へと斬り込んだ。

狙うは、首。

大悪魔の命を絶つには、そこを狙うしか、ない。

光のように素早く竜骨剣が閃き、そのたびに血が散り、また刃は鋭さを増した。

惚《ほ》れ惚《ぼ》れするように、兄の声が言った。

「ああ……、本当に素晴らしい剣の腕だ。あの忌々《いまいま》しい竜騎士のお眼鏡に適《かな》ったのもよくわかる。……だけどさ。あの哀れなおまえの兄、フィン・グラウリースは、強く求めていれば、きっとおまえに勝てる日が来ると信じてた。どうやらそれは、今夜のようだねえ」

首筋から滴り落ちていた大悪魔の瘴気を帯びた血は、どろどろとしたおぞましい色に変わった。顔狩は、ひひひひ、と、おぞましいほどの悦《よろこ》びに満ちた声で笑った。

「知ってる？　フィア。家族や領地を、大悪魔に捧げたのは誰か」

「やめて……っ」

　気がつけば、フィンは幼い子供のように頭《かぶり》を振っていた。それでもなお、兄の声をした嫌らしい笑いは止まらない。

「ふふ……。悟っているんだね、優しいフィア」

「やめて！」

「……そうだ、この兄上だよ。家族と領民を犠牲に捧げて、俺はこうして、大悪魔としてここによみがえったんだよ」

「そ、そんなの嘘だ……！」

「そして、最後の生け贄がおまえさ。可愛い俺の妹よ」

　もうこれ以上、兄の声を使った顔狩の囁《ささや》きを聞きたくなかった。大悪魔を、激しく鋭く弧《こ》を描くフィンの竜骨剣がどんどん追い詰めていく。死が首の皮一枚先をすり抜けていく感覚さえも楽しむように、兄の顔をした大悪魔は笑った。

「凄いね、本当に。憎悪に燃え立った時のおまえは、人間とは思えない強さだ」

　フィンの声は、……とうとう懇願するように変わっていた。

「お願い、兄上！　もう喋らないで……！　その声で、そんな言葉を聞きたくないよ」

「じゃあ、戦うのをやめれば？　俺だって、とっても痛いんだよ。ほら、おまえがたくさん傷つけてきたせいで、もう俺は血だらけだよ」

「やめて、兄上！」

「体だけじゃない、心もだ。ずっと俺は、こんなにも苦しんで、血を流し続けてきたんだよ。他ならぬたった一人の兄上のためだろう？」

「兄上！」

「なんでやめないいんだよ。おまえが抗《あらが》うのをやめてくれたら、全部上手くいく。哀れに死んだ惨めなおまえの兄《フィン》は、哀れでも惨めでもなくなるんだよ……」

甘い大悪魔の囁き。それは、寸分違《たが》わず、兄の声に聞こえた。大悪魔の誘惑は、想像していたよりもずっと切実で、魂の奥底にまで差し迫ってくるものだった。

しかし、その時だった。

「――やめるな！」

遥《はる》かな高みから差す月光が翳る。

フィンは、月影の中にもう一匹の飛竜の姿を見た。

あれは、最強の竜騎士大ペンドラゴンが従える、美しき白銀の飛竜――ドーラだ。ドーラを駆る竜騎士ヴァルの声が、引き絞った弓弦《ゆみづる》を放つ鋭い音のように強く響いた。

「そいつは、おまえの家族じゃない。フィン・グラウリースは、もうどこを探してもいない。現実から目を逸《そ》らすな！　しっかりと自分の瞳でよく見るんだ！」

白銀の飛竜ドーラと、そして、小さな琥珀色の飛竜ヒューの咆哮とが重なり合い、大地を揺るがせた。激しい飛竜の咆哮が、兄の顔をした大悪魔を、雷《いかずち》のように打ち据えた。

兄が、兄の面影が消えていく。まるで魔法が解けるように、兄の顔はバラバラと崩れていった。その下から現れたのは、あの晩に見た、真っ黒に塗りつぶされた、顔狩の無残な暗闇の顔だった。

「……っ」

フィンは思わず目を背けた。

（兄上……！　フィン……!!）

あの優しい兄が死んだなんて、……信じたくなかった。だから、自分がフィンと名乗った。生きているのは、自分じゃない。兄なのだと思いたかった。……でも、やっぱり全部間違いだったんだろうか。心の中に、フィンの持っていたあらゆる弱さがあふれ出した。

（偽者でも、紛《まが》い物でもいい。嘘でもいいよ。兄上が、ここにいるんだ。兄上が、今この瞬間顔だけでもこの世に存在しているんなら、わたし一人くらい道連れに殺されたっていいじゃないか。……だって、竜騎士が来たんだ。この大悪魔は、もうお終《しま》いだもの）

家族はみんな死んでしまった。兄と一緒にだったら、自分も死んだっていい。フィンとは、生まれた時からずっと一緒にいた。ほとんど、自分自身と同じだった。だから、どこまでも一緒にいきたい。

いつの間にか、飛竜の起こす激しい竜風が、降り注ぐ四花雨を撒き散らし、竜ノ巣山脈の山並みに激しく降らせていた。ちらちらと、視界が白い燐光《りんこう》に輝く。真っ白な四花雨の中で、フィンは死を覚悟した。

だが、その瞬間だった。

フィンが受けるはずだった大悪魔の一撃の前に、飛竜の姿から人間に戻ったヒューが、か弱い体で飛び出してきた。

「あなたを大悪魔なんかに斬らせるもんか!」

ヒューが、灰色山羊の毛と革で作った投石器で、大悪魔の剣を受けた。投石器ごと、ヒューの細い体は彼方へ吹っ飛ばされた。

「……!」

ヒューの姿が、視界から消えた。その先で、竜骨剣を下ろしたフィンに向かって、ヒューの声がどこからか響いた。

「馬鹿、なにやってんのさ!　戦ってよ、あなたは騎士でしょう——フィア!!」

名前。自分の名前をヒューに呼ばれて、フィンは……。

いや、——フィアは、目を見開いた。

「フィア、フィア！　あなたは偽の名前を使っていたけれど、本当は最初からずっとフィアだった。僕にはちゃんと聴こえてた。だって、あなたの魂が叫んでいたもの。『わたしはフィアだ』って！　——よく聴いて、僕の大切なフィア。そいつはあなたのお兄さんじゃない、大悪魔だ！　負けちゃ駄目だ。あなたならきっとできる。あなたの大悪魔と、最後まで諦《あきら》めずに戦うんだ!!」

ヒューが、落ちかけたところから這い登ってきた。その声が、頭の中に強く響いていく。

（……フィア……？）

（……そうだ。フィアは、わたしの、わたしの名前だ）

顔が、顔全体が、燃え上がるように熱かった。もう瞼も焼け落ちて、視界を閉じることもできなかった。目を逸らすことのできない現実の前で、やっとのことで、フィアは、自分が本当は誰だったのかを思い出した。

自分は誰で、なにをしたかったのか、なにをするべきなのか。そのすべてが、頭の中を一気に飛来する。

（わたしは、大悪魔を討伐するために、騎士を志《こころざ》した）

（家族の仇を取るんだ、……この手で！）

（兄上！　わたしは……、わたしは、あなたの顔をした大悪魔を討ちます……!!）

その瞬間だった。兄の手が――顔狩のそれとはまったく別の、本当の兄の手が、四花雨に包まれて、フィアの右手の上に乗った。

「！」

その時、大悪魔の持つ剣が、フィアの顔を抉《えぐ》った。

同時に、フィアは、大悪魔の首を再び斬りつけていた。

人でないものの悲鳴が、激しく夜空に響き渡る。

大悪魔の魂が、砕け散ったのだ。

首を喪《うしな》った顔狩の体軀《たいく》が、ばらばらに崩れた。倒れ込んできた彼を思わず抱きしめた最期のその瞬間、フィアは兄の声を聞いた気がした。

「……、……」

幼い頃からずっとずっと聞いてきた、離れてからもずっとずっと聞きたかった、……兄の綺麗な声だった。闇は、白い光を最期に放って、やがて、遥か彼方へ去っていった。


ばったりと崩れ落ちたフィアを、ヒューの小さな腕が支えた。

「大丈夫!?　フィア……!」

「……」

立ち上がる気力もないフィアは、自分を見つめている幼い友達の顔を眺めて、詰めていた息をぷはっと吐き出した。

そして、一番に思いついたことを口にした。

「……ヒュー。わたしね、たまに、自分の命なんか、世界で一番どうでもいい価値のないものだって思える時があるんだ。だけど、そうやって、自分なんか犠牲になってしまえと思っているのに、本当に死がこちらに駆け寄ってくる時は、全力で逃げたくなる。これって、いったいなんでなんだろう……」

「は……?」

フィアの言った馬鹿みたいな言葉に、拍子抜けしたように、ヒューがぽかんと口を開けた。やがて、ヒューは涙を流しながら笑って、フィアの頰に触れた。

「そう……。あなたは、ずっとそんな風に思っていたんだね」

「わたし……、ほんとは卑怯《ひきょう》者だから」

「ううん、違うよ。僕が思うに、それはね……。フィアが、本当はなにがなんでも死にたくないってことなんだと思うよ」

「……」

「あなたは、本当は誰よりも生きたい人なんだ。だけど、それは悪いことだと思ってる。フィア、どうか、自分の命を大事にすることを怖れないで。僕、あなたが死ぬなんてことに耐えられそうにないんだ」

涙と鼻水で顔を汚しながら、フィアは何度も頷いた。二人は並んで座って、満月を眺めた。夜空からは、四花雨が音もなく降り続いていた。

二人がぼうっと放心していると、ふいに、鋭い竜風が巻いた。飛竜ドーラが、空から呼んでいるのだ。合図を受け取ったヒューは、口の中で呪文を唱えると、ぶるぶると体を震わせた。

やがて、ヒューは、あの美しい飛竜の子供の姿に変わった。飛竜の子は、あっという間に大空を舞い上がっていった。

フィアは、神たる始祖竜の血を引く飛竜たちを見上げた。ヒューの幼い翼は、成獣のドーラとは違って、風をしっかりと摑むことができずに、何度も力強くはためいて夜空を飛んでいる。竜風が激しく巻き、まるで足跡のように、夜空に鮮やかな空気の流れを残した。

互いを息吹を嫌う二匹の飛竜が、大悪魔を倒した今夜ばかりは、まるで祝うように、少しの間、夜空をぐるぐると旋回した。

すると、ヴァルが、飛竜ドーラの背から飛び降りてきた。

満月の夜空を飛び続けている飛竜たちの姿を、ヴァルは顔を上げて眺めていた。ヴァルに報告しようと駆け寄って、フィアは言葉を失った。月光を受けて伸びるヴァルの影が、大きく裂けた禍々しい大悪魔の姿をしていたのだ。

「ヴァル先生、その影は……」

驚いているフィアに、ヴァルは笑った。

満月に伸びる、ヴァルの禍々しい影。その月影を目で追うと――フィアの月影もまた、恐ろしい姿に裂けて闇の彼方へと伸びていた。

ヴァルは、肩をすくめて言った。

「いつもは姿変え術で隠しているんだが……、まあ、今夜くらいはな。こうなった以上、おまえにも知る資格がある。……これが、竜騎士の本当の姿なのさ。竜騎士になるための最大の条件は、飛竜に騎乗することでも、竜牙刀を持つことでもない。大悪魔を一柱、屠《ほふ》ることなのだ。そして……、その結果が、これさ。大悪魔を本当に殺しきることはできない。我ら人間にできることは、自分が存命の間、その身のうちに大悪魔を留めて、外に放たないようにすることのみだ」

「それじゃ……。竜騎士たちは……」

驚いているフィアに、ヴァルが微笑んで頷いた。

「竜騎士の最期はいつもそうだから、後継となる者が負けた竜騎士を看取《みと》る。その息の根を止めることでな」

それは、ヴァルがフィアに語った先代大ペンドラゴンとの最期だった。ヴァルは、まるで予言のように、フィアに告げた。

「大悪魔は、これからもおまえの内側で暴れるだろう」

「！」

フィアは目を瞬いた。ヴァルは頷いた。

「……自分にもできるかわからないことを、結局俺も弟子に言わにゃならんのだな。しかし、それでも言おう。なにがあっても、どんなに絶望したとしても、決して騎士であることを……。いや、人間であることをやめちゃいけない。負けるな。フィア」

そう言ってから、ヴァルは、またいつものように微笑み、フィアの額を小突いた。

ヴァルになんと言っていいかわからず、唇を噛み締めて、フィアは夜空を見上げた。

「四花雨が降っていますね……」

「ああ、そうだな」

「……わたしは、この雨を見るのがつらいんです。いつ見ても、とても悲しい雨だから」

フィアの言葉に、ヴァルは空から降り注ぐ輝く雨を見つめた。

「この四花雨が、死んだ生命の輝きだといわれているのは、おまえも聞いたことがあるだろう？」

「はい……」

「こうして、人も獣も、そして下級悪魔となったモノたちも、最期は肉体を離れて、雨になって世界に降り注ぐ。この世のあらゆる物事の是非《ぜひ》を忘れて、命の美しい光を放って」

その通りだった。きらきらと、輝く命が、世界に還っていく。こうして、命は等しくこの世界を循環していくのだ。

「離れ里レプスでも、湖上都市リムネでも、竜ノ尾渓谷でも、神聖都市ウィッラでも、それぞれの命なりの戦いがあって、終わりがあった。おまえの家族もまた、どこかで輝く雨になって、世界に注いだんだよ」

ヴァルは続けた。

「魂を懸けて戦った命は、なによりも輝く四花雨の粒になるという」

フィアは、ヴァルの緑色の瞳を覗き込んだ。その表情からは、ヴァルの内部で大悪魔との戦いが今も繰り広げられているなんて、微塵《みじん》も感じられなかった。ヴァルは、フィアの小さな肩を抱いた。

「……だけど、不思議だよな。俺はこれまで、輝かなかった四花雨を見たことがないんだ」

ヴァルの声を聞いて、フィアの胸に、衝かれたような痛みがズキンとよみがえった。

あの夜――フィアが間に合わなかったあの夜、家族はみんな戦ったんだろうか？　今夜のフィアのように。

熱い涙を溜めているフィアの頬を撫《な》でて、ヴァルが笑って言った。

「なあ、おまえさ、気がついてるか？　おまえが、自分の力で自分の顔を取り戻したってことにさ」

「……え？」

驚いて、フィアは自分の顔を触った。あの生まれた時から見慣れた顔が、本当に自分に戻ってきたのだろうか？　それを教えるように、少し冗談めかした仕草で、ヴァルがフィアに顔を近づけ、瞳をまん丸に開いてくれた。

ヴァルの瞳の中に、確かに、あの懐かしいフィアの顔が映っていた。フィアの顔の真ん中には、大悪魔から受けた傷が、生の証《あかし》の血を噴き出し、生々しく一筋走っている。

「おまえが無事に顔狩を倒したから、本当の顔が戻ってきたのだ。……よかったな。おまえが、おまえ自身に戻ることができて。――フィア」

深い優しさを込めた声で、ヴァルがフィアの名前をゆっくりと呼んだ。

フィア……フィア……フィア。

自分の名前が、体の中で、何度も何度も響いた。ようやくフィアは、自分で自分にかけた呪いから、自分自身を取り戻したことを感じた。

そこへ、人間の姿に戻ったヒューが駆けつけてきた。

「……フィア！」

友達に名前を呼ばれて、やっとのことで自分《フィア》に戻った小さなフィアは、振り返るなり大きな声で泣いた。喉が裂けるほどに、強く泣きわめいた。

「急にどうしたの、フィア。ど、どこか痛むの？」

心配しているヒューに、フィアは激しく首を振った。

「ち、違うんだ、体が痛いわけじゃない。ただ……」

幼い子供のように、フィアは大きく啜《すす》り上げた。

「か……、家族が死んじゃったんだ。それから、ロカに住んでたたくさんの人も。みんな、みんな、死んじゃった……」

ずっと思い出さないようにきつく蓋《ふた》をしていた悲しみが一気に噴き出して、フィアは、故郷を出てから初めて喪《うしな》った多くのものを悼《いた》んで泣いた。大声を上げて泣き続けるフィアを、小さな友達がただ強く抱きしめた。

二人を包むように、四花雨は優しく降り続いていた。

終章　帰郷

その時フィアは、飛竜《ひりゅう》に変じたヒューの背に乗って、故郷ロカへと帰ってきていた。大悪魔に殺された家族や領民、そして、故郷のすべてを、……この手で弔《とむら》うために。

「フィア……、大丈夫？　つらいなら、僕が代わりにやるよ」

ヒューが、心配そうにフィアの顔を覗《のぞ》き込む。けれども、フィアはかすかに首を振って、微笑《ほほえ》んでみせた。

「ありがとう。でも、わたしがやりたいの。……つらくて、つらくて、ずっと逃げてきたけど。でも、わたしにとって、とても大切なことだから」

大悪魔の襲撃があったと悟ったロカの人々は、辺境に住むものの義務を果たし、自らの故郷に浄化の炎を放った。辺境が化外《けがい》に落ちれば、後背に控える無数の町々に甚大《じんだい》な被害が出る。辺境は、人間の世界を守る防衛線なのだ。そして、それが、ロカの民の誇りでもあった。

竜騎士にだって劣らない勇敢な行動だったと、心からフィアは思う。

あふれる涙を隠さなかったフィアの頰《ほお》を、ヒューの小さな手が拭《ぬぐ》った。

「……わかった。それじゃ、僕は終わったあとのご飯を作るよ。これだけたくさんの弔いをしたら、きっととってもお腹《なか》が減るでしょう？　これからの季節は、食べ物がどんどん美味《おい》しくなるんだ。とびきり美味しいご飯を作るから、楽しみにしててね」

ヒューは微笑んで、それから、直したばかりの投石器を握った。

……フィアが懸命に塚を掘っているうちに、だんだんと温かな炊事《すいじ》の匂いが漂ってきた。

フィアのお腹が、元気に鳴り始める。

ふと振り返ると、フィアは思わず笑ってしまった。

くるくるとヒューは駆けまわり、ともに旅している時にフィアが特に喜んだ料理ばかりをこしらえていた。

しかし、いったい、何人分の食事を作っているのだろう？

やがて、ヒューの嬉《うれ》しそうな声がロカに響いた。

「……できたよ、フィア！　僕、お腹ペコペコだよ。さあ、一休みして食べようよー！」

「──さあ、願いを言って。愛《いと》しいわたしのフィン」

その優しく甘い囁《ささや》きに、フィンはぞっと怖気《おぞけ》を立てた。フィンの目の前には、──鏡に映したような、妹と同じ綺麗《きれい》な顔をした大悪魔が立っていた。大悪魔は時に、想像し得る最悪の姿を取って現れるものだという。呪いのようにおぞましいその姿に、フィンはガクガクと震えた。

（……なんで、今なんだ!?　明日には、騎士団に入れるっていうのに……！）

悔しさに、フィンは唇を強く噛《か》んだ。……そして、血が滲《にじ》むほどに強く唇を噛む自分が、もう己は死ぬのだと察していることに気づくと、あまりの恐ろしさに、フィンは後ずさりした。フィアの顔をした大悪魔の顔が、ぐにゃぐにゃと渦巻く。そのまま大悪魔の顔は醜《みにく》く歪んで、真っ暗闇《くらやみ》に沈んだ。嫌らしい笑いを含んだ声で、大悪魔は言った。

「あーあ……。やっぱりちゃんと顔を剝いで狩らないと、姿変え術じゃ完璧には難しいなあ」

「ひっ」

なんとか踵《きびす》を返して逃げようと思うのだが、恐ろしさで膝《ひざ》が砕けたように役に立たない。手に当たった机にぎょっとして転げて、フィンはしたたか腰を打った。

フィアの顔が、後ろでくすくすと笑っている。

「どうしてそんなに怖がっているの？　きみがわたしを喚《よ》んだのに」

（違う。俺は、おまえなんか、喚んでない……）

そう叫ぼうと思うのに、舌が口に貼りつきでもしたかのように、動いてくれなかった。それでもなんとかフィンが立ち上がって扉から逃げ出そうとすると、その背に、大悪魔が妹の声で言った。

「逃げるの？　なら、きみの可愛《かわい》い妹のところへ行くよ。きみたち双子の顔はいいねえ。とても魅力的だ。これまで集めた騎士や凡夫《ぼんぷ》のどれよりもいい……。ひひひひ。壁に並べて飾って眺めたら最高だろうなぁ」

「……！」

フィンは、息を呑《の》んだ。

妹を見捨てて己だけ逃げるか、それとも。……そんな選択肢、天秤《てんびん》にかけるまでもなかった。考える前に体が動く。体中にあるありったけの勇気を振り絞って、床に転がっていた自分の剣を取り、フィンは大悪魔の方へと振り返った。

「妹に……、家族に手を出す奴は、俺が許さない！　大悪魔め、闇へ戻れ……！」

剣を振りかぶり、――フィンは、大悪魔に向かって突き進んだ。

「……あれ？　泣いてるの？　フィア」

もぐもぐと料理を頬張っていたヒューが、ふいにフィアの顔を覗き込んだ。思わず、フィアは目を瞬《またた》いた。

大風が頬を叩いたわずかな時間に、幻《まぼろし》のような夢を見た気がした。ぱっと霧散していった白昼夢の中には、誰がいたのだろうか。気がつけば、フィアの頬には温かな涙が伝っていた。

フィアは首を振り、ヒューに笑顔を返した。

「大丈夫。心配しないで。ほんの少し、夢を見ただけだから……」

それから、ヒューが腕を振るった温かな食事に頬を緩ませ、フィアは、怠《なま》け者な師匠の顔を思い浮かべた。

「……ヴァル先生にも、食べさせてあげたいね」

「僕らがいないんじゃ、ヴァルはお酒しかお腹にいれてないだろうからね。早いところ、探し出してあげなくちゃ」

「逃げられそうだね、また」

「大丈夫、安心して。僕の鼻はとっても利くんだ」

胸を張ったヒューの笑い声を聞きながら、フィアも一緒になってくすくす笑った。

夏を追うように北へ向かっていたフィアたちだったが、もう故郷からはとうに夏はすぎていた。秋の冷たい風を感じながら、フィアは空を見つめた。故郷ロカに降り注いでいた四花雨《しのはなさめ》は、フィアが旅しているうちに、いつの間にか止んでいた。

静かなロカに、小さな二人の笑い声がいつまでも響いていた。

※この作品はフィクションです。実在の人物・団体・事件などにはいっさい関係ありません。

集英社オレンジ文庫をお買い上げいただき、ありがとうございます。
ご意見・ご感想をお待ちしております。

●あて先
〒101-8050　東京都千代田区一ツ橋2-5-10
集英社オレンジ文庫編集部 気付
せひらあやみ先生

双子騎士物語

四花雨と飛竜舞う空

集英社
オレンジ文庫

2021年11月24日　第1刷発行

著　者　せひらあやみ
発行者　北畠輝幸
発行所　株式会社集英社
〒101-8050東京都千代田区一ツ橋2-5-10
電話【編集部】03-3230-6352
【読者係】03-3230-6080
【販売部】03-3230-6393（書店専用）
印刷所　図書印刷株式会社

ISBN 978-4-08-680418-9 C0193